JN160628

生かされて
　重い病に悩めども
　　我には我の歩む道あり

高校の時描いた絵手紙

話しかけてよ、ママ

あるレット症候群少女の叫び

霧原 澪
Mio Kirihara

文芸社

はじめに

　この物語は2歳で急に話せなくなり、手も使えなくなるという難病、「レット症候群」になった少女の話です。

　今も「レット症候群」という病気はあまり知られていませんが、私の少女時代は、書かれた物もなく、ごく少数の小児神経専門のお医者さんが知っているだけというものでした。親の会は、1988年に九州に「さくらんぼ会」ができ、1991年に「日本レット症候群協会」ができたという時代でした。

　日本レット症候群協会の会報には「レット症候群とは、ほとんど女の子にしか見られず、男の子の症例は極めて稀な神経疾患です。1966年ウィーンの小児科医 Andreas Rett 博士によって初めて報告されました。女児の出生1万から1万5千人に1人の発症率で、生後6カ月〜1歳6カ月頃までは正常な発達を示しますが、その後、知能や言語、運動能力に発達の遅れが見られ、常に手をもむような動作や手を叩いたり口に入れたりなどの常同運動を伴うのが特徴です。ほとんど身体を動かせない子から歩ける子まで症状の程度は様々です。睡眠障害や自閉傾向を示す時期もありますが、しだいに他者との関係を回復し、情緒面での成長も見られます。自閉症、脳性麻痺と誤診されることもあります。X染色体上の遺伝子の突然変異が原因とされていますが、治療法は今のところ確立されていません。」（2008年10月発行）と書かれています。

　そして、2015年4月にやっと厚生労働省の研究班のお医者さん達による学術書が発行されました。『レット症候群診療ガイ

ドブック』(大阪大学出版会)に詳しく述べられているのが、遺伝子のことです。

　私は、少女時代、なかなか理解してもらえず、ずっと苦しんできましたが、その本の遺伝子のことが書かれている箇所を読んで、自分がなぜ信じてもらえなかったのか、自分で自分の思いを書いているのに、鉛筆を持たせてもらっているだけの母に書かされていると思われてしまうのかの答えを得ることができました。

　私の遺伝子が、めったにない部分の変異で、普通に言われている典型レット症候群からはずれていて、ごく軽い非典型の言語能力維持型のレット症候群だったからです。私は、発症が2歳と遅く、言葉は、発症までも2語文を話していましたし、発症後、落ち着いてきた4歳頃、リラックスした時だけ、「ママ、歌、うたってよ」、「いたい　いたい　うった」とか、「うん」、「いや」等言えるようになりました。

　ところが、「レットがしゃべるはずがない」という固定観念にとらわれている人は、私の母がうそを言っていると決めつけて、その後の話もろくに聞いてくれなくなっていたのです。「わが子をそこまで良く見せたいのか」というのが、幼稚園や小学校の関係者の思いだったのでしょう。

　でも、この本には、私と同じ言語能力維持型レットで、結婚もし、子供も2人産み、インタビューに答えられる人が載っていました。

　同じ型のレットは、非常に数が少なく、世界でもごく珍しいでしょうが、私が以前診ていただいた小児神経専門のお医者さ

はじめに

んは、20年以上前のことで、遺伝子のことや、世界のレットのことがあまりわからない時代でしたが、私のことを正当に評価してくださいました。

ですから、私は、いつかはわかってもらえる日が来るだろうと、どんなに落ち込んでも、希望を失うことなく、自分のやるべきことを淡々としてきました。今回、『レット症候群診療ガイドブック』の中で、私のことをコミュニケーションできるレットとして紹介してくださり、私の言いたいことを書いてくださっていますが、ここまで私達レットのことを理解してくださるお医者さんがいることに、感謝の表しようがありません。これからも、私達レットのことを、たくさんの方々に理解していただける一助となればと、この本を書きました。この本を読んでいただければ、レットの子が大きくなるまでに、どんな事を考え、どんな事に傷ついて落ち込むかをわかっていただけるのではないかと思います。どうぞ、レットの子の立場にあなたの身を置いて、しゃべれない、手が使えない、思うように動けないということを考えてください。

　もし、あなたが急に話せなくなったら、どうしますか。
　もし、あなたが急に手も使えなくなったら、どうしますか。

絶望の中で、何を感じ、考えていたのかを書きたいと思って、私は、この物語を書き始めました。

この中で、幼い頃の記憶は強烈なものしかなく、両親の話や母がつけていた育児日記や写真を基に書いたことをお断りして

おきます。また、特にお世話になったお医者さんだけは、実名で表記し、それ以外の友達や先生方は仮名とさせていただきます。

目次

はじめに **3**

第1章　幼少期 …………………………………… 11
　幸せな赤ちゃん　12
　レット症候群の発症　14
　北陸の訓練　21
　病院めぐり　29
　幼稚園　34
　抱っこ法　39
　私の好きなこと　43

第2章　小学校時代 ……………………………… 47
　小学校入学　1年生　48
　筆談できた　55
　初めての読書感想文　60
　2学期―試されて　65
　3学期―障害児の姉　75
　2年生になって　87
　夏休みの読書感想文―『ヘレン・ケラー』を読んで　104
　2学期になって―おかしな兆し　106
　魔の3学期　116
　先入観　129
　鉄人28号　133

３年生の宝物―友達　142
　養護学校への転校　148
　元の学校へ（４年生）　153
　養護学級担任の先生の体育介助　159
　動作法　162
　パソコン学習　174
　歯の矯正　178
　４年生の友達　180
　５年生になって―母の講演・思い出　183
　６年生になって―いじめられて　190

第３章　中学校時代　199

　中学１年生―ひとりの人間として　200
　養護学級　202
　ひとりの人間として　204
　中学２年生―国語の授業　207
　沖縄へ　215
　中学３年生―判定不能　228
　高校に行かない３年間　234

第４章　わかってもらえて　237

　３年遅れの高校生―１年生　238
　大学進学　248
　側彎　250
　心境の変化　251

側彎装具 DSB（愛称プレーリーくん）に助けられて　253
　レットサマーキャンプ　262
　私の役目　264

エピローグ ……………………………………………………… 282

おわりに ……………………………………………………… 286

第1章 幼少期

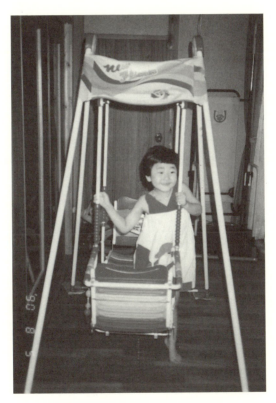

5歳 お気に入りのブランコで

幸せな赤ちゃん

　アルバムを見ると、スヤスヤ気持ち良さそうに眠っている赤ちゃんがいます。これが私、みお。1985年7月12日、3500グラムでこの世に生まれました。いっしょに写っているのは、4歳年上の姉、舞ちゃん。

　よく太った赤ちゃんだった私は、3カ月で8.2kgもあったそうです。食いしん坊で、みんなと同じ物をほしがるので、ずいぶん離乳食も早く進んだそうです。

　おしゃべりで、みんなの会話に入って、ニコニコしている女の子。父が読んでいる新聞を横から見て「パンダパンダ」と言うのでどこにパンダが載っているのかと探すと、ごく小さなパンダの写真が載っていたという話を今も父がしてくれます。

　母の育児記録によると、1歳7カ月で言える言葉は、「パパ」「ママ」「バアバア」「ジョン（犬の名）」「パンダ」「ゾウ」「ブランコ」「オルゴール」「行こか」「ワンワン」「ニャオン」「パカパカ」「いたいいたい」「アツイ」「タンタン」「かわいい」「きれい」「パン」「ごはん」「りんご」「みかん」「お茶」「ブーブー」「バーン」「上手上手」「いやよ」「きらい」「これ」「トット」「チュッチュ」「ポッポ」「うんこ」「かめ」「こい」「まい」「パパかわいい」「ジョンかわいい」「パパきたきた」「ゾウタンあったあった」でした。

　母の心配したことは、5〜6カ月で私がアトピー性皮膚炎だ

第1章　幼少期

左上：9カ月　エレクトーンを弾いて、トーンレバーをさわり、音色まで変えて

上：10カ月　レット症候群では珍しいハイハイをして

左：1歳2カ月　大好きな「ゾウタン」に乗って

とわかったことと、寝返りが遅いということ。11〜12カ月で私の頭がカッパのようなハゲになったことと、満1歳で断乳してから、私が風邪をひき、微熱続きで1週間程ぐったりしたこと、そして、歩くのが遅く、1歳7カ月でやっと歩いたことだったようです。レット症候群の子がしないとされているハイハイも姉に比べると遅いけれど、していたそうです。

　でも、この頃まで、私は人並みな、おっとりした性格のよく笑う女の子だったようです。

　両親にかわいがられ、何でも姉のまねをしたがるおしゃまな女の子。動物が大好きで、どこにでもきつねのぬいぐるみを持っていく女の子。庭の花を見ても、スーパーのおもちゃ売り場の怪獣のおもちゃを見ても、「かわいい」と言って喜んでいた女の子だったようです。

　あの頃までは……

レット症候群の発症

一番古い記憶

　記憶の中の　一番　小さな私
　飛行機の中　泣いていた
　泣き声と　轟音（ごうおん）が
　頭の中で　こだましあって

第 1 章　幼少期

　　宇宙の闇へ　放り出されたちりのよう
　　落ちてゆく　落ちてゆく

　　帰れない　もとの世界へ
　　のぞきこむ　父母の顔さえ
　　ぼんやりと　他人のよう

　　小さな　小さな　女の子
　　泣いて泣いて　泣きじゃくる
　　そこにいるのは　お人形
　　魂を　宇宙のはてに　落としてきた
　　ピンクの服着た　お人形

あの頃

　　私は　こわさで　震えていた
　　どうして　話せないのか
　　わからなかった

　　うしろから来る車の音が
　　爆発する地雷のように
　　私の上に　ふってきた

　　どうすれば　いいのか　わからなかった

かたまったまま　動けなかった

たすけて　たすけて
叫びたかった
声をあげて　泣きたかった

フラフラ　ゆらゆら　歩くだけ

　あの頃、父母の話によれば、レット症候群の病気を2歳のドイツ行きの飛行機の中で発症してからの私は、ずっと、親指以外の4本の指を口いっぱいに入れて、泣いてばかりいたそうです。歩けていたけど、よく転び、パンを持って食べていたけど、持たなくなり、電車の音を怖がり、シャワーの音まで怖がり、よく笑っていたのに、あまり笑わなくなり、夜泣きもよくするようになり、食べなくなり、遊ばなくなり、目もとろんとしていたそうです。抱っこされる時、手を後ろにまわして抱っこされ、コップで水を飲ませてもらう時も、手を後ろにまわしていたそうです。2カ月間の父の留学中、スイス、イタリア、オーストリア、ベルギーにも行く予定だったので、おかしいと思いながらも、どうすることもできず様子を見るだけだったそうです。

　私が思い出すのは、ヨーロッパに行く時乗った飛行機がとても怖かったこと（特に飛行機のゴーという音がずっと頭に響いていて）と、母がいつも歌ってくれた歌です。童謡からロシア

第1章　幼少期

スイスにて　指しゃぶりと怯えた目に注目

ドイツにて　ノイシュバンシュタイン城見学
　　　　　　　手は後ろ、この後大泣き

オーストリアにて　笑った写真は初めて
　　　　　　　　　手は後ろ

第1章　幼少期

民謡まで、いろんな歌が次々母の口から出てくるのが、私の一番のやすらぎとなりました。

　私は、話せなくなり、手も使えなくなりました。それが、この病気の特徴なのですけど、ただただ怖くて仕方がありませんでした。あの頃の私は、外へ行くのも怖くて仕方がありませんでした。
「お買物に行こう」と言う母の声を聞くだけで、身体中の血が凍りついたようになり、泣いて、いやだと伝えようとしました。それでも、小さな私ひとりを家に残せない母は、なんとかなだめながら、私に靴をはかせ、自転車の後ろにのせるのでした。
　後ろからトラックが轟音を響かせてくる時、あまりの怖さに飛びあがり、身震いして縮み上がって、べそをかいているというのが私の日課のようになっていました。あの頃、私には慣れというものがありませんでした。

　言葉は、頭の中ではありました。周りの人たちの言っていることもわかっていました。ただ、それらが霧の中でのことのように、怖くてたまらなくなっているときは、届きにくくなっていました。

　私自身の言葉は、時たま、単語が口から飛び出す程度で、どうしても言いたいと思っている時に言えるわけでもなく、言葉が出ないという事実をかみしめていました。

　手も思うように動かせなくなり、何かを持って遊ぶということができなくなったので、手が自然と口に入っていました。不安で不安で、どうしていいかわかりませんでした。

母の育児記録より

　2歳〜3歳「みおはダンスが上手です。グルグル一回転したり、時たま爪先立ちをします。歌は「七つの子」が好きで「かわいい」を言います。ドイツへ行ってからほとんどしゃべらなくなり、物もつかまなくなり心配です。昼寝から覚めた時、一度だけ「グッター」（グーテンターク）、テレビでドイツのお城を見ていた時、「アウビーターゼン」（アウフビーターゼン）とドイツ語を言ったのにはびっくりさせられました。まだまだ頭の中は混乱しているのでしょう。「パパ」「ママ」はわりと言うようになりました。それでもやっぱり無口な子です。お手々しゃぶりもなかなかよくなりません。でも、テレビも見なかったのが見るようになり、絵本も見るようになったのですから、少しはよくなっていると思っていいのでしょうか？

　2歳7カ月　親戚の家に澪をあずけて、姉舞をむかえに行った時、従妹（いとこ）に「みおちゃん」とよばれたのに「はーい」と答えました。

　翌日　「ママ」と言って台所まできて、抱きつきました。

　2/18　レコードを聞きながら、「ワーワーキャーキャー」言って遊んでいました。「お買物に行こうか」と言うと、「いなん」と言って泣き出しました。夜、「タンタンはいろう」と言うと「タンタン」と言いました。

　2/21　りんごをつかんで食べ出しました。

　2/22　夕食の準備をしていると、「ごはん」「ごはん」と言って台所にきました。

　2/23　レコードをかけていると、タンバリンをたたきまし

た。

北陸の訓練

　私が3歳になるまでになんとかしようと、大学病院に連れていかれたのですが、病名すらわかりませんでした。いろんな検査—血液検査、脳波検査、CT、MRI、眼底検査、視力検査—をされました。でも、何の異常も出ませんでした。
　あせりを感じていた両親が、北陸の言語療法士が訓練で自閉症児を何人も治して話せるようにしたという話に飛びついてしまいました。
　先生は、70歳前のすごく元気の良い、口の達者な人でした。そのバイタリティーあふれる様子は、派手な服装からも、太った体からも、オーバーなジェスチャーで人を褒めたり、けなしたりすることからもあふれ出ていて、初めての人は、必ず圧倒されるでしょう。私の両親も、その人柄に圧倒され、2泊3日で訓練を見学に行ってから、北陸に引っ越すことを決めました。その時私は、S病院に連れて行かれ、なぜか診察に同席していたあの先生が、お医者さんに「ヨーロッパに行ってこんなになったのですから、心身症ですね」と言ったため、心身症と診断されました。
　私は、はじめから自信満々な先生が嫌でした。先生の口から、「お母さん、言うこときかなかったら、つねりなさい。この子達は、痛みの感覚もないんだから。自分の子を良くしようと思

ったら、甘やかさないで、つねりなさい。青アザができるぐらいでないと、良くならないんだから。ここに来ている子のお母さんはみんな、しているんだよ」と言う言葉がでるのを聞いて、息が止まってしまいました。

　母がおそるおそる私をつねる。ぐっとがまんして、下を向く。「そんなんじゃダメ。こうするの」と、ギュッと私の腕をひねる手。
「ハァハァハァ」と肩であえぐ私。泣きたくても泣けなくて、青くなった所をさわってみる。
「痛みも感じてないねえ。もっとつねったり、たたきなさい。脳に刺激を与えなきゃ」
　—感じているよ。痛いよ。でも、泣けないよ。この人わかってないよ。どうしてそんなこと言えるの。へんよ。ママ、わかって—。

　毎日毎日訓練に行く。そこに来ているのは、自閉症の子（半ズボンの太ももが青あざだらけで、うつろな大きな目が印象的でした）と、知恵遅れの女の子と、しゃべらないけどアルファベットに興味のある子と、少しだけ言葉の遅れている子と、「脳がやられている」と先生が言っていた子と、私。

　私が一番小さくて、一番ひどい。みんな、先生をこわがっていました。いつも積み木を持たされ、ひっくり返し、指で引っぱる動作をさせられ、手を使うことばかりさせられました。いつもつねられ、いつも心がふさがって、こんなひどい生活から逃げ出したいと思っていました。一番嫌だったのは、家でする訓練として、父が仕事でいない時に、一口サイズの小さなおに

第1章 幼少期

ぎりをのりで巻いたのをたくさん作り、それだけを夕食の食卓の上に置くように、母は先生に言われたそうです。それを自分の手で取って食べなければ、食事を抜くよう、きつく言われたそうです。先生は「お腹がすけば、自分で取って食べるだろう」という考えだったのでしょうが、病気の私には、どうしようもありませんでした。私の手は、欲しくてもおにぎりをつかむことができませんでした。テーブルをたたいて、泣いても、母は一緒に泣きながらも食べさせてくれませんでした。私にとって、こんな残酷な訓練は初めてでした。泣いて、あきらめて、そのまま眠ってしまいました。母の日記には、翌日もいつまでも眠っていて起きない私に、死んでしまうのではないかと思ったことが記されていました。母はこのことがあってからは、先生の言うことをそのまま鵜呑みにするのはやめようと決めたそうです。

訓練は嫌でしたが、同じ想いの子供同士、言葉はなくてもいっしょのことをしているという哀しい連帯感がわいてきて、なんとなくなぐさめられていたのは確かでした。

狭い家。もちろんアパートを借りているのだから、あたりまえ。その上、週末でないと父は帰ってこないし、姉は転校してから元気がなく、母は訓練で疲れきっているし、一家だんらんとは程遠い生活でした。

私は、わかってもらえないストレスから、顔一面アトピーの花盛りで、いつも歯ぎしりをしていました。

そんな時、ある放送局が取材に来るということで、テレビで放送されるようでした。みんな、嫌がって、取材を中止してく

れるように頼んでいました。そうしたら、先生がものすごく怒られて、訓練が予告もなく中止されました。せっかく行っても、「当分の間、お休みします」という張り紙だけでした。みんな、不安につつまれていました。そのうち、中止してほしいと言っていた親が、あやまりに行きだしました。私達の目の前で、あやまっている親に先生が言ったのは、「こんな子をかくしちゃだめと、日ごろから言っているでしょ。オープンにするのが私の方針ですから、テレビの取材が嫌なら帰ってください。私の方針に従えない人は、もう診ません」という言葉でした。ものすごい剣幕で言われると、みんな、しゅんとなって、ただひたすらあやまるだけで、取材を拒否できるような雰囲気は消えていました。

　そして取材当日、私は朝から熱のため体がだるく、ふうふう息をしていました。母も、熱でダウン。でも、もし行かなかったら、先生から何を言われるかわからないため、まず医者に行き、私は父に連れられ、先生の家へ行きました。嫌だったけど、こわくて、行かないわけにはいきませんでした。体がだるく、熱のため、ふわふわしているようでした。みんな、いつもより緊張しているようでした。ライトがあたると、よけい熱く感じられました。

　先生は、その日だけ、優しそうにしていました。おおげさに褒めて、体罰もなく、気持ち悪いくらいでした。次に、父と私、Y県から来た男の子とお母さんだけが別室へよばれて取材されました。その時私は、早く家に帰りたいしか思っていませんでした。

第1章　幼少期

　父は、自分達だけ、突然別室で取材されることに驚いたようすでしたが、すぐ諦めて、早口の関西弁で答えていました。関西から北陸に引っ越してまで来たということが、宣伝には良かったようです。私は、自分のことを言われている間、うつむいていました。家に帰れた時は、何時間も何時間もたったような気がしていました。

　それからすぐ、テレビで放送されました。教育特集ということで15分間です。ニュースのたびに、放送されるので、1日に3、4回は放送されていました。こちらでは、テレビの放送局の数が少ないので、自分の顔を嫌というほど、見てしまいました。「心身症の女の子」と紹介されているのが私です。今もそのビデオは、家にあります。

　その後訓練に行くと、先生は上機嫌で、「きのうは、ジャンジャン電話がかかってきて、寝られなかったよ。また、次の取材があるから」と言っていました。新しい子も3人来ました。

　その頃、先生の方針に疑問を持った母は、昔から来ていたお母さんに、いろんなことを聞いていました。父と母が、北陸まで行くことを決めた、「私と同じ症状の子が治って話せるようになった」という話が、うそだったということがわかりました。また、「1000人以上の自閉症の子を治した」というのも、うそだったとわかり、母は風邪をこじらせて寝込んでしまいました。「今まで、先生を信じてどんなにしんどくなっても我慢してきたし、どんなに嫌なことを言われても我慢してきたけど、うそだったとわかった今、そんな人にはついていけない。この子さえ良くなってくれれば、どこに住もうが、どんな生活をしよう

が、どうでもいいと思ってきたけど、もうだめ。この子もぜんぜん良くならないし、家へ帰ろう」と、まず母が言い出し、父も、「今日、ある先生に会って、『一つのことだけに頼っていたらあかん。いろんなことを試す方がいい』って言われたところや。その人は、子供さんを病気で小さい時に亡くしているから、そう言うてくれたんや」と話していました。いったん「帰る」と決めると、すぐ帰る用意をしました。その前に、近くを旅行して、山の景色を楽しんでから家に帰ったのですが、私も姉も、家に帰れることがうれしくて、はしゃぎ回っていました。姉も、こちらの学校に合わずにいじめられていたようです。

　いっしょに訓練を受けていた子とお母さん達がお別れに来てくれました。「今、あの子達は、どうしているのだろう」と思います。

　良かったことは、北陸に行って、甘塩するめを毎日食べていたので、それまであまりかめなくて、口の中でグルグル回していた食べ物をすんなりかむことができ、食べるのが上手になりました。また、毎日１時間ぐらい散歩させられていたのですが、あとで考えると、それも良かったのかな、と思います。

　３カ月半が、ものすごく長く感じられた北陸生活。夏の内に帰れて良かったです。

第 1 章　幼少期

北陸での訓練

「みおちゃん、みおちゃん。返事しなさい。みおちゃん」
「はい」と言いたくても　言えなかった

「返事しないと　つねるよ　返事しなさい」
ふるえながらも　言えなかった

たった一言「はい」と言う　それだけのことが
できなかった

「お母さん　うでの内側を　つねりなさい。
痛みの感覚がにぶっているから
思いっきり　つねりなさい」

恐ろしい先生の声に　動けなかった

痛みより　悲しみ
痛みより　苦しみ

「はい」の一言が　どうしても言えなかった

積み木

　クリン　パタン　シュー　クリン　パタン　シュー
　積み木をつかむ　はなす　引っぱる
　普通の子なら　何でもないことなのに
　私にとっては　おそろしい訓練
　来る日も　来る日も
　クリン　パタン　シュー　クリン　パタン　シュー

　何度やっても　同じこと
　手首をつかまれ　ぎこちなく

　クリン　パタン　シュー　クリン　パタン　シュー

おにぎり

　「みおちゃん　ごはんですよ」
　テーブルの上に　おにぎりの山
　ビー玉のような　おにぎりの山

　「自分で　食べなさい　自分でね」
　ほしくて　ほしくて　じっと　見つめる

　待ってても　だめかなぁ　くれないの？

おにぎりの山へ　手をのばす

おにぎり　ほしいよ　食べさせて
おなかへったよ　ママ　どうしたの？

みおの手　うまく　とれないよ
みおの手　うまく　動かない

はやく　ちょうだい　食べさせて

「自分で　とるのよ　訓練よ
先生が言われた訓練よ　お願いだから　自分でとって」

みおの手　自由に　動かない
空(くう)をつかんで　たたくだけ

病院めぐり

　4歳の時行った大学病院で、「レット症候群に似ている」と、初めて言われました。そこで受けた説明は、私が何もわかっていないと思われたのでしょうが、ひどいものでした。
　母の日記には、「レット症候群とは、女の子だけがなる病気で、1～2歳頃、急に手を使わなくなり、しゃべらなくなり、足がつっぱったような歩き方をして、後ろに転ぶ病気です。良

くなることは決してなく、横ばいか、だんだん悪くなる一方で、その内歩けなくなり、寝たきりになり、意思もほとんど通じなくなり、内臓が圧迫されて死んでしまいます。今の医学では、どうしようもありません。この子達は、器(うつわ)が小さいので、無理をさせないことが大切です」と、お医者さんの言葉が記されています。「頭から杭を打ち込まれたようで、帰りをどう帰ったのかもわからない状態だった」という感想も胸にこたえます。私は、嫌な感じを受けたことしか覚えていません。

　その頃はまだ、「レット症候群」について書かれた物もない時代なので手探りで何とかしようと思っていたという話を後に親から聞きました。両親は、「西洋医学でダメなら東洋医学で何とかできないか」と、東京へ中国鍼を打ってもらいに、私を連れて行きました。月1度、泊りがけで行ったのでしたが、中国鍼の講習会に来ている人達の前で、治療されるのが、見世物にされているようで嫌でした。「歩けなかったのに、歩けたねえ」と言われると、下手だけど歩けていたのに、と思っていました。でも、歩くのがスムーズになったので、我慢していました。何度か行くうちに、初めは鍼を入れられても痛くなかったのに、痛くなってきたので、泣いてしまいました。それを機に、行くのをやめました。また、気功も東京まで受けに行ったのですが、あまり効果はありませんでした。

　私が、はっきりレット症候群だとわかったのは、幼稚園の時、「日本レット症候群協会」という親の会の代表の方から、専門医を紹介していただいたからでした。東京の瀬川小児神経学クリニックの瀬川昌也先生に診ていただいてからです。瀬川先生

第1章　幼少期

(2014年逝去)は、詳しく説明してくださり、どうすればいいのかを教えてくださいました。先生によると、私は「広い意味のレット症候群」ということになります。母の日記には、先生から教えてもらったことが、詳しく記されています。私の両親もそうですが、多くの難病の子の親は、病名がわかり、病気がどういう病気かがわかると、どうすればいいかを教えてもらうことで、希望が少しは持てるものです。私の両親は、ここで初めて自信が持てたようでした。

母の日記より
「『この子は、乳児期比較的おとなしい赤ちゃんであった。寝返りも遅い、歩くのも遅い、もみ手があるという点では、レット症候群に似ている症状がある。ただ、レット症候群の典型的なてんかんがない。歩き方もレットの子は、肩をゆすって足を曲げないで、一歩ずつゆっくり歩くが、この子は違う。もみ手も、レットの子は決まった手で同じ方向にするのだが、この子はどちらの手でもできるから、レットの子より、手の機能もずっと良い。体を横から押した時、とっさに手も出ます。レットの子は、そのまま倒れてしまうのです。言葉もレットの子は、病気になるまでもほとんど出ていないし、でません。こんなにいろんなことをしゃべっていた子はいません。ハイハイができたというのも珍しい。0歳から6カ月までのお母さんの働きかけが、よほど良かったのでしょう。

　ヨーロッパへの飛行機によるショック説は、2歳では普通ショックを受けたというよりは、時差が関係したのじゃないかと

思われます。とにかく、病気の現れる時期も遅いので、こんなに軽いのでしょう。しかし、手もみがある、物が持てないという特徴から、広い意味のレット症候群に入るでしょう』と診断された。ある病院で言われていた『この子は、器が小さいので、決して無理をさせないように』ということを質問すると、『何が無理で何が無理でないかを判断するのは、難しいでしょう。それより、レットの子の脳は常に眠ろうとしているので、常に良い刺激を与え、脳を覚醒させることが必要です。基本的には、朝昼夜の区別をはっきりさせ、規則正しい生活を送らせることです。これは、どんな重度の子にも言えることです。運動面では、手足を大きく交互に動かすことや、水泳などで、全身の血行を良くさせることです。また、音楽を聴かせると良いでしょう。イタリアでは、クラシック音楽を聴かせて行進させているそうです』とアドバイスされた。家に帰ってその通りすると、本当に元気になってびっくりした」

　生後6カ月までに何をしたのかを考えても特に何も思い当たることはない、というのが母の考えで、思い出せるのは、上の子中心の生活で、母乳で育て、よく話しかけていたこと、母は私が生後2カ月からエレクトーンを教えていたので、隣の部屋で祖母に子守をしてもらっていたこと、よく子守唄を歌ったり、エレクトーンを弾いたり、私が夜中にいつまでも泣いていたら、レッスン室でふたりだけのコンサートのつもりで、クラシックの眠くなりそうな曲を選んで聴いていたことくらいかな、今から考えてもわからない、ということでした。

第 1 章　幼少期

私には未来がなかった

　私には　未来がなかった
　二歳で　止まったまま
　未来がなかった

　三歳ごろ　大病院で検査をした
　医者は　首を傾(かし)げるだけ
　両親の心配そうな顔だけが
　目に焼きついている

　私には　未来がなかった
　四歳ごろ　別の大病院へ行った
　医者は
　「この子は　歩けなくなり
　寝たきりになり　意思も通じず
　十歳ぐらいで　内臓が圧迫されて
　死ぬだろう」
　と　冷たく言った
　両親の悲しみに
　いっしょに　泣いた

　私には　未来がなかった
　周りと　言葉の隔たりがあり
　思いを表現できなくて

どうしていいか　わからなかった

今　私は二十歳になった
表現する喜びを得て　生きている
未来は　ごく普通に　生まれている
そして　思う
誰にだって　未来はある
医者に　未来は分からない
人の未来を　壊す権利は　ないのだと

幼稚園

　私は、２つの幼稚園に１年ずつ通いました。年中の時に通った私立の幼稚園で、私はすばらしい友達を得ました。口で説明する必要もなく、病気の子という隔たりもなく、すんなりわかってくれる友達でした。
　両親から初めて離されて、しゃべれない、手も使えない状態で、幼稚園に入れられた私は、ものすごく緊張して硬くなっていました。でも、すぐかなちゃんというすばらしい友達を得、えみちゃんという友達まで増えて、私は自分の持っている以上の力を出せるようになっていきました。どの遊びも初めてで、何もかもが珍しく思えました。私が転んで、「いたい」と言った言葉も、先生より友達がキャッチしてくれました。
　２階のお部屋での集会のあと、先生方がおしゃべりしていた

第1章 幼少期

時、お友達が、「みおちゃん、行こう」と言って、両側から私をはさむようにして手をつないでくれたので、トントンと下りていくことができました。あとで、先生方が大さわぎしていたのを知って、私のほうがびっくりしてしまいました。

でも、みんながお勉強する時、私は手が使えないので何もできず、ぼんやりみんなのすることを見るか、教室から外へ出て行って、かごの中のリスの動きを見ているのでした。

子供にはわかることが、大人にはわかってもらえませんでした。大人には、病気しか見えなかったのでしょう。

私は、障害児も受け入れる幼稚園に入園して、幼児教室にも通って、自閉症の子に当時有効だとされていた感覚統合の訓練を受けていました。ある大学の先生が、アドバイスされていて、そのとおりするという方針の幼稚園だったようです。私が嫌だったのは、幼児教室でしている、上からつるされた網の中に入れられることでした。怖くて怖くて固まっていました。トンネルくぐりも嫌で、嫌なことばかりさせられたという記憶だけが、強烈に残っています。また、カードを見せられるのも、グルグルなぞり書きも退屈で、「はよ、おわってよ」と口で言ったこともありました。でも、先生は、私がしゃべると思っていなかったから、ぜんぜんキャッチできていませんでした。母は、すぐわかって、なだめてくれました。

「リラックスしたら、私が少ししゃべった」と言い、もう少し先生にかまってもらえるように、障害児担当の先生にお願いしたら、「もし、しゃべったと言うのなら、証拠のビデオかテープを用意しなさい」と言われたそうです。あの人達が、今の私

を見たら、どう思うでしょうか。あの人達の頭の中には、寝たきりになって、十代で死んでしまった女の子があるのでしょうか。私は、今も歩けるし、トコトコだけど走ることもできます。もちろん、何でもわかっています。大学の先生は、「お父さん、お母さんがわかりますか」や「歩けますか」という変な質問までしていたそうです。

　母は信頼が裏切られたので、幼稚園を替えました。私は、仲良しのお友達と別れなければなりませんでした。

　次の幼稚園では、私のことをわかってくれる人は誰もいませんでした。私は、いつもひとりぽっちでした。自由遊びの時、何もできない私は、みんなの周りをフラフラ歩いて見ているだけでした。時間が止まったように長く感じられて、疲れて寝ていました。

　私に付いていてくれた先生は、私を30分に1回トイレに連れて行きましたが、先生がイライラすればするほど、私は怖くて、おしっこができませんでした。また、私は手がだるいので、手を使う工作やお絵かきが嫌いでしたが、無理にさせられ、それを逃れるため、雨が降っている中にでも逃げて外へ行くと、「みおちゃんは雨が好きで、雨の中のフラフラ歩きが好きなんですね」と、迎えに来た母に言っていました。

幼稚園

　みんなとひとり

第 1 章　幼少期

みんなの中で　私はひとり
お勉強中　　私はひとり
わかっているけど　しゃべれないから
わかっているけど　示せないから

誰もが　私ぬきにして
いるのに　いない人間のよう

それなら　いっそ　空気のよう
出て行ってしまおう　こんなとこ

もっと　すんなり動けたら
もっと　自由に動けたら
どこまででも　行けるのに
空気のように　すりぬけて
どこまででも　歩くのに

私ひとり　ぼんやりと
リスの動きを　追いかける
かごの中のリス　私のよう
囲いの中の私　リスのよう

お友達

　私には　いた
　何にも言わなくても　わかってくれる　友達が
　私には　いた
　自然と　私のできないことを　カバーしてくれる　友達が

　私の目を見て　話しかけ
　私が何をしたいかを　わかってくれ
　一緒に　対等に　遊べる友達

　手をつないで　歩く時
　私は　力が注ぎ込むのを感じた
　手をつないで　走る時
　私に　走れる力があるのを知った
　手をつないで　階段を下りる時
　私は　怖さを忘れることができた

　子どもの世界
　すばらしい世界

苦痛

　何にもわかってもらえないのは　つらい

第 1 章　幼少期

何にも言えないのは　つらい
そうじゃないって　言いたかった
手がだるくて　できないの
からだが　しんどくて　できないの

そう言えたなら　少しは　わかってもらえただろう
わがまま　言わないで
みんなやっているんだから　やりなさい

やっぱり　そう　言われただろうか
このだるさ
やっぱり　わからないだろう

抱っこ法

　抱っこ法を始めた頃、母は暗く、よく泣いていたし、私は、自分が別世界に閉じ込められているようで、どうすればいいかわかりませんでした。幼稚園に入って、半年ほどたった頃で、私は、自分がわかっているということをどうすればわかってもらえるのか、わかりませんでした。4歳の時言われた「やがて歩けなくなり、寝たきりになる」というお医者さんの言葉で母は保健所の療育相談に行って、「どうしたら歩くことを維持できるでしょうか。そんな訓練方法があれば、教えてください」と言ったそうです。当時F大学の村田先生が相談にのってく

れていて、「お母さん、あんたがそんなに暗い顔でメソメソするからダメなんだ。この子が不安がるじゃないか」と怒られて、抱っこ法を紹介されたそうです。それが、私の抱っこ法との出会いでした。

　抱っこ法に初めて行って、母に抱かれてドイツへ行った時のこと、特に飛行機に乗って、ずっと泣いていた時のことを母から聞いているうちに、あの体験がよみがえってきて、あの時と同じように大声で泣いてしまいました。特に、飛行機の轟音(こうおん)が耳に響いて怖かったことを母もわかってくれて、いっしょに、泣いていました。私は、自分の気持ちをわかってもらえてうれしかったです。怖くて仕方なかったことも、発散できました。わかっていることを母にわかってもらえたことで、元気が出ました。

　母は、それからは、私にいろんなことを話しかけてくれました。それに対し、私は、笑ったり泣いたり、短い単語で答えることができるようになりました。心が軽くなったから言葉がよく出るようになったのか、わかってくれていると思うからなのか、多分その両方だったのでしょう。

　月2回の抱っこ法に、両親といっしょに行くのが楽しみでした。母は、家でもよく抱っこして話しかけてくれ、いっぱい今までのことをわかってもらいました。初めの幼稚園で、「私が少ししゃべった」と母が言ったのは「抱っこ法をしてリラックスさせたら、少ししゃべった」ということでしたが、「レットがしゃべるはずはない」という考えにとらわれている人には理解してもらえませんでした。

第 1 章　幼少期

　この方法で、もどかしいことは、母が思いつきもしないことを伝えることができないことでした。それと、私が病気でじっと立っていることができないのに、抱っこ法の先生は、「じっと立っていようね」と言って、私にじっと立っていることを要求したことがあったのですが、言われてできることと、できないことがあるということを理解してほしかったです。後で、動作法の訓練を受けてできたのですから。

　クレパスを持って絵を描く課題を与えられた時、(もちろん私ひとりでは持てないので、母にクレパスを持たせてもらって、母が私の手の動きに合わせて私の手を保持するという方法を教えてもらった時) 私は嫌なお絵かきをまた、させられるのかと、思いました。でも、ひとつ今までと違うことは、私が手を動かして描いているのであって、描かされているのではないということでした。

　それから毎日、お絵かきの時間が私と母の間であり、ピンクや水色の毛糸をからめたような絵や、黄色に青色のグチャグチャ描きの絵が出来上がっていきました。

　私は、手がだるくて、手を使うのが嫌だったけど「自分が描いている」ということが楽しかったし、母がすごく褒めてくれるので、毎日同じような絵を描いていました。時々、テーブルの上まではみだしたり、自分でも何を描こうとしているのかわからず、ただ手を動かして線が続くのを見ていただけの時もありました。手に力を入れて、手を突っ張った時の線と、力を抜いた時の線の違いを確かめる時もありましたし、色と色の交差を楽しむ時もありました。

母は時々、「こんなことをしていて、何になるのかなぁ」と涙ぐみながらつぶやいていましたが、私にとっては、自分で描くことがおもしろいものでした。
　こんなことが1年以上続き、卒園間近に卒園製作のごみ箱に絵を描くように言われて、丸と三角を組み合わせた犬を描いたのが、何とか形らしく見える唯一のものです。私がそれを描いた時、母が「犬に見えるけど、犬よね」と言って、すごく喜んでいたのが印象的でした。
　後に、私が学校で字を教えてもらい、字を書いて、コミュニケーションできるようになったのも、この経験があったから、母が私の手の動きに合わせて鉛筆介助できたのであり、この経験なしでは、考えられないことだと思います。
　私が字を書けるようになってからは、抱っこ法に頼らなくてもコミュニケーションできたし、わかってもらえたのですが、学校でのことを報告しに行きたくて、学校で書いた作文や日記を持って抱っこ法に行きました。この時点で行くのをやめれば良かったのですが……
　抱っこ法の先生から、私のことを発表する講演会をあちこちで開き、すごい反響があったということを聞いていました。「抱っこ法について書いてきて」と言われれば、作文を書いていき、「ビデオを撮らせて」と言われれば、それもOKしました。後に市販用のビデオを作ったということで、ビデオを頂きました。そのビデオがあったから、後に沖縄に行くことになったので、不思議なご縁を感じるのですが、私は有名になりたいとは思っていませんでした。先生は変わられたなぁと思い、そ

れから抱っこ法に行かなくなりました。

   母の笑顔　温かい手
   母の声を聴くことが
   幸せだと教えてくれた　あなた

   言葉で話す替わりに　笑顔を
   恐怖で固まる気持ちを　泣くことで
   表現すればいいと教えてくれた　あなた

   普通の人のような　望みもなく
   何の野心もない私にとって
   人間が変わるということが　わからなかった

   ささやかな幸せに　ほほ笑む少女は
   自分の道を　歩き始めた
   あなたの野心に　背を向けて

私の好きなこと

　私は音楽が好きです。赤ちゃんの時から、夜中の2時頃でも眠らないと、母は、クラシックのレコードをかけて、私を抱きながらいっしょに聴いていたそうです。そうすると、気持ち良

さそうに眠ったというのが私。

病気になってからも、母はいつも童謡や五木の子守唄やロシア民謡や知っている限りの歌を歌ってくれました。夜、ベッドで眠る前に聴く歌は、昼間の怖さから私を救ってくれたので、安心して眠ることができました。また、昼間母といっしょに、いろんなレコードやカセットを聴いてリズムに合わせてダンスをするのは、他に遊べなくなった私にとってとても楽しいことでした。私は特に、ラテンのリズムの激しい曲とシャンソンが好きでした。私がリズムに合わせて、テンポの速い曲は速く、遅い曲は遅く踊るのを見て、母はいつも笑っていました。

　母の歌うロシア民謡の「ともしび」は悲しいので、わたしはよく泣いてしまいました。それを見た母はびっくりして「もっと楽しい曲を歌おうね」と言っていました。それから、自然と音楽のレッスンが始まり、幼稚園ぐらいから、ヤマハのエレクトーンの教材で私は母に「ドレミ」から教えてもらいました。母はヤマハのエレクトーン講師だったので、いろんな工夫をして教えてくれました。

　また、同じ頃、スイミングスクールにも行き、障害児コースに入って水泳も教えてもらいました。コーチが優しい人で、水泳も好きだけど、コーチに会いたくて　週1回通っていました。型通りにはできないけれど、腕にヘルパーを着けると、ひとりで泳げるようになりました。水の中では、わりと自由に動けるし、独力では何もできないのに、水泳だけはなんとかできるのがうれしくて、クルクル回ったり、自分の行きたい所へ泳いで

いったりしました。手より足のほうがよく動きました。スイミングスクールでは、父がいっしょにプールに入ってくれ、コーチの指導に従っていました。水に入ってすぐは、水の冷たさで震えていたのですが、そのうち、いつもの笑顔で、水すましのように犬かきのような泳ぎを楽しんでいました。

　習い始めから、11カ月位で一応、泳げるようになりました。(レット泳ぎとでも言うべきか)。その泳ぎはいくつになってもほとんど進歩がないのですが、楽しめるのがいいと思います。

　このように、自分の思っていることを伝えられない中で、ささやかだけどできることを見つけ、楽しみを見いだせたのが良かったことだと思います。幼稚園に行くことは、かなりの苦痛でしたが、家族に少しはわかってもらえ、励ましてもらえたことも、なんとかやってこられたことにつながるのでしょう。

自由を得て

　自分の体が　自由にならないで　イライラした時
　思っていることが　伝わらなくて　落ち込んでしまった時
　そこに　音楽があった

　いつも音楽の中に　入り込んで
　私は　自由になった

　たとえば　モルダウの川となり

せせらぎから　大河へと　流れに　身を任せるのだ

たとえば　コンドルとなり
アンデスの山々を見下ろしながら
大空を　自分のものとして　飛んでいくのだ

音楽の世界では　私は自由
現実の世界が　不自由であるだけ
私は　私でありえるのだ……

第2章　小学校時代

12歳　フルーツフラワーパークにて

小学校入学　1年生

　小学校をどこに行くかを決めるために、私は候補の3つの学校を両親といっしょに見学しました。まず初めに、知的障害児のための学校――そこは自閉症の子達中心の学校で、北陸でしたような訓練風景を見せてもらい、思わず「痛い、イヤ」と言って泣いてしまいました。

　次に行った肢体不自由児のための学校は、静かでガランとしていて、学校らしい活気がありませんでした。おもしろくなさそうなので、嫌そうな態度を取りました。

　最後に、近くの小学校の見学でした。活気があって、お友達がいて、楽しそうだったのでにこにこしていました。私の様子を見ていた両親が、にこにこしていた地元の小学校への入学を決め、同席していた教育委員会の先生も、「ではここで」と、すぐ決まりました。学校選びは大切なので、自分で選ぶのが一番大切だと思います。

　小学校の入学式の日、私は、恐る恐る両親から離れた新入生の席に着いていました。同じ幼稚園の子が隣だったので少しほっとしながら、じっと挨拶を聞き、2年生の歌を聴いていました。式が終わって退場の時、知らないおばさんが来て、私は手をひかれて、みんなといっしょに歩いていきました。両親は他のお母さん達といっしょに会場に残っていました。

第2章　小学校時代

　クラスに案内され、先生の話を聞くということでした。先生は、「これからみんなの名前を呼ぶので、大きい声で返事しましょう」と言い、みんなひとりずつ返事していくのです。「どうしよう。はいって言えるかな。言わないと。言えるといいな。みんな言えるのに。ああ、もうすぐ」と思っていると、「みおさん」「はい」──すごい、言えた。うれしい。いつもは、こんなにうまく言えないのに、と思わずにはいられませんでした。

　後でわかったことですが、知らないおばさんと思った人は、介助員の中田さんでした。母は学校への送迎だけで、学校での私の世話を中田さんがしてくれるということでした。

　教室でのホームルームの後、全員で写真を撮るため、もう一度体育館へ行きました。クラス毎に並ぶのに時間がかかり、私は疲れ切って、とうとう泣きべそをかいてしまいました。今も入学式の写真を見ると、あの時のことを思い出します。泣きべそかいたおチビさん……

　そして、私の小学校生活は始まりました。私は、幼稚園と同じように、みんなといっしょに勉強すると思っていました。その介助に中田さんがついてくれるのだと思っていました。それが、4月10日には、みんなから離されて養護教室（たんぽぽ教室）へ連れて行かれたのです。

たんぽぽ教室

　　何も悪いことしてないのに

みんなの邪魔もしてないのに
どうして　私だけ　行かないと　いけないの

私だって　わかっているのに
私だって　勉強したいのに

どうして　私だけ　行かないと　いけないの
みんなと　いっしょに　いたい
みんなと　いっしょに　字を習いたい
でないと　お友達も　できないよ

いっしょうけんめい　お話ししようと
いっしょうけんめい　お返事しようと
私なりに　がんばったのよ

それでも　行かないといけないの
私が　病気だから

　私は、その日ずっと悲しみに沈んでいました。体が硬直しておかしくなりました。母が迎えに来て、私の様子に気づいてくれました。クラス担任の山田先生も養護担任の森野先生も、びっくりしていました。家でもずっと様子がおかしかったので母が抱っこ法をして、話しかけてくれ、私の気持ちをわかってくれました。その夜、森野先生が様子を見に来てくれたので、み

第2章 小学校時代

んなの邪魔をしない限りクラスにいさせてくれるよう、母が頼んでくれました。森野先生もわかってくれました。

 こうして、私は「みんなの邪魔をしない限り」という条件付きでみんなといっしょにいられるようになったのです。

 クラスにいて私のことを最初に気にかけてくれたのはさっちゃんで、自然といつもそばに来てくれ、私の気持ちを代弁してくれ、いっしょに遊ぶようになっていきました。今も私の友達ですが優しい、感受性の強い女の子です。さっちゃんとは、学校で遊ぶだけでなく私の家にも来てくれて遊んでいました。また、さっちゃんといっしょにいろんな子が遊びに来て、遊び疲れるくらい遊んでいました。

 学校では、平仮名を1字か2字ずつ習っていました。ストッキングを切り取り、そこに丸めた新聞紙を入れてしっぽを作り、体育の時間にしっぽ取りゲームをした後に習った「しっぽのし」は印象的でした。私は新しい字を一生懸命覚えていきました。家では、その日習った字を毎日、母といっしょに書いていました。

 そうして、みんなといっしょに習う字が私のものになっていったのですが、先生も、母も、介助員さんも、私が字を覚えているということに気づきませんでした。私が、かすかに指を動かして、自分で書いているということを誰も考えもしませんでした。算数の計算も自分でできていたのですが、それにも気づいてもらえませんでした。「しゃべれない」ということが、どんなに大きな障害であるか、どうしたらわかっていることをわかってもらえるかを考え続けていた毎日でした。ほんの時々口

からとび出す言葉は、わかってもらえる手がかりとなったのですが、早口で言う言葉をキャッチできるのは、さっちゃんと家族ぐらいでした。「もう一度言って」と言われて、言えるといいのですが、私の中でその言葉は消えてしまっていて、どうすればもう一度言えるのかがわからなかったのです。

　わかってもらえなくて困ったことの一つに、朝礼がありました。週２回、全員運動場に並び、校長先生のお話を聞くのですが、その後クラス毎に行進して教室に入るのに、なぜか私だけ介助員の中田さんと運動場に残され、どうしていいかわかりませんでした。姉が５年生にいたので、訴えるように見たのですが、困った顔をして行ってしまって、誰も助けてくれませんでした。しかたなく、誰もいなくなった運動場をフラフラ歩き、かなりの時間を運動場で過ごしてから、やっと中田さんに教室に連れて行ってもらいました。先生も中田さんも、だんだん私が教室にいっしょにいるということにイライラしていきました。私はおとなしくしていましたが、二人の気持ちがよくわかり、怖くなってきました。

　体育の時間も、私はみんなと離され、中田さんに手をとられ、遊んでもらっているようなものでした。何もしないで、時間を過ごしていました。また、みんなが前に出て順番に本を読む時も、私はみんなの隣に座ってはいても、中田さんは座席に座ったままで、私を見ることもしませんでした。終わりの会の時、私を迎えに来た母が、前にいる先生に背を向けて座っている中田さんを見て驚いていたのですが、中田さんのイライラはかなりのものになっていたようです。

第2章　小学校時代

 とうとう6月の初め、朝の会になっても姿が見えないため、母が学校に残り先生に聞いてもらったところ、「近所の葬式のため、休みます」と言われたそうです。母は、先生に迷惑をかけることになると思い、中田さんの代わりをさせてくれるように先生に頼み、先生も喜んで同意してくれました。その日の私は、中田さんのイライラを感じなくて済んだので、リラックスでき、体も柔らかく自然に振る舞え元気でした。毎日母が介助してくれたらいいのになぁと思っていました。先生も、私の体が柔らかくごく自然にしている様子に気付かれ、「みおちゃんは、お母さんが入られてから今までと全然違います。みおちゃんが良くなるのでしたら、お母さんこれからもいつでも入ってください」と言ってくれました。

 それから、朝礼での様子を母が見て、みんなといっしょに行進して教室に連れ帰ってくれるように頼んでくれました。私はやっとみんなといっしょにできるようになって、うれしくて仕方がありませんでした。

 授業も母が入ってくれて、安心して受けられるようになり、友達と遊ぶのも、自由にいろんな遊びができるようになりました。さっちゃんやいろんな友達が家に遊びに来てくれて、ブランコに乗ったりママごと遊びをしたり、買い物ごっこをしたりして、毎日がとっても充実していました。

 また、体育介助は父がやってくれるようになりました。父に介助してもらうと、安心できるので、少し乱暴なことをさせられても、それほど怖くはありませんでした。介助者によって、自分の体がこんなに変わるとは思いませんでした。私の体は、

安心して任せられる人が介助してくれると、リラックスして自由に自分の意思通り動いてくれるのに、安心できない介助者だと、怖いと思ったとたん、緊張してしまって手足が突っ張って、まるで棒のようになるので、動けなくなるし、すぐ転び、歩くことさえできなくなってしまうのです。

こうして、私は学校生活を送りながら、着実に字を覚え、算数の計算をし、他の子と同じようにいろんなことを学んでいったのです。

そして、そのことを両親がわかったのは、7月5日でした。それまでも、わかっていることをわかってもらいたくて、「1たす9は」の問題に、「10」と答えたりしていました、たまたま私の口から、「10」という言葉が出たぐらいにしか受けとめてもらえませんでした。

私が頭の中で計算して言っているとは考えてもらえませんでした。まして、言葉として、覚えた字が書けるなんて考えもしなかったでしょう。

その日も、学校から帰って、友達と遊び、宿題の算数の計算プリントを母が夕食の準備で忙しいので、姉の舞ちゃんに介助してもらっていました。鉛筆を持たせてもらうのですが、おっとりした姉より、私が答えを書く方が速いのに気付いた姉が、「ママ、みおが自分で書いているよ。私、書かせてないよ。書かそうとしたら、みおが先に書くんよ」と言い、「そんなことないでしょ」と言う母に、「ほんまやよ。みおが全部自分で書いたよ」と、いつにない、姉の声がうれしいものでした。

やっと気付いてくれた……そう思ったけれど、それでもまだ

第 2 章　小学校時代

母は半信半疑でした。自分で算数の問題を作って、私に鉛筆を持たせ、私がごく弱い力だけど書いているのを確かめました。
　父が仕事から帰ってからも、父にも同じことをされ、みんなは、私が自分で書いているということをわかったようでした。
　私にとっては、以前からしていたことなのですが、家族みんなにとっては、とても不思議なことだったようです。

筆談できた

　算数の計算を自分で書いているということに気付いた母は、今度は、私が字も書けるのではないかと考え、私に鉛筆を持たせ、鉛筆の動きに注目しながら、質問したのでした。
　例えば、
「みお、字書けるの？」
「はい」
「学校はどう？」
「すき」
「今日はいっぱい歩いたけど、どう？」
「しんどい」
「どの教科が好きかな、算数は？」
「すき」
「国語は？」
「すき」
「音楽は？」

「すき」
「じゃあ体育は？」
「すき」
「体育しんどくないの？」
「しんどい」
「しんどくても好きなの？」
「はい」
「お友達で誰が一番好き？」
「さつき」
「さっちゃん、やさしいね。
　それでみんなといっしょにいたいの？」
「はい」
「何して遊ぶのが好き？」
「ぶらんこ」
「みお、病気のことどう思ってるの？」
「びょうきいや」
「手はどうなん？」
「だるい」
「どうして手もみするの？　やめられないの？」
「やめられない」
「どうして歯ぎしりするの？」
「いやなとき、いやといえないから」
「おしゃべりはどう？」
「たまに」
「書くのはしんどくないの？」

第2章　小学校時代

「だいじょうぶ」
　という会話が、5年ぶりにできました。母はクレパスでのグルグルの絵を私の手の動きに合わせるやり方で介助し、私は、学校で習った字で、思っていることを書き、やっと伝えることができたのでした。
　この病気になってから、ずっと思っていた。「しゃべれなくても、わかっているのよ。でも、どうすればそのことをわかってもらえるの」という思いが、今、筆談で解決できたのです。ひとりでは、鉛筆を持ち続けることができない病気だけど、介助してもらって、やっと思っていることを表現できたのでした。私の念願はかないました。ちょうど、その日は7月7日。七夕さまの日でした。

七夕さま

　私の願いを　かなえてくださった　七夕さま
　思いを伝えることが　こんなに心はずむことだとは
　忘れてしまっていました

　あんまり長い間　伝えることができなかったので
　どんなに　この日の来るのを　心の中で　願ったことか

　それでいて　この日が　来るなんて
　思いもよらなかった　長い年月

やっと　手に入れた筆談という手段を
やっと　手に入れた幸せの日を

私は　一生　忘れないでしょう
今日の日が　七夕さまの日で　よかった

　それからの毎日は、紙と鉛筆をどこにでも持ち歩くほど、いろんな話を筆談でした楽しい日々でした。まるでそれまでの埋

筆談の様子　左手は邪魔をしないように押さえている

第2章　小学校時代

めあわせをするかのように、質問攻めにあって、それに答えるのがうれしくてしかたがありませんでした。でもトイレにまで紙と鉛筆を持っていくのは不便だということで、母が掌(てのひら)に指で字を書く方法を考えつき、2種類を使い分けることにしました。

今までは、トイレにはだいたい食後や3時間おき位で連れて行かれて、それでしていたのですが、筆談できるようになってからは、「みお、トイレ行く？」「いかない」や「いく」と書いて、それで行きたい時にだけ連れていってもらえるようになりました。幼稚園の時のように、行きたくないのに、30分毎に連れていかれることがなくなり、それだけでもすごく便利だと思いました。母が私に聞くのを忘れていてトイレに行きたくなったら、家でなら、トイレに自分で走るか、母のいる台所へ「ウーウー」と言いながら走っていけば、「みお、どうしたの？」と、聞いてくれるので、筆談で答えることができました。学校でなら、イスから立ち上がると、「どうしたの？」と、聞いてくれるので、便利さが実感できました。

また、お腹が痛くなって私が「ウーウー」と言うと、「みお、どうしたの？」と、聞いてくれるので、「おなかいたい」と、書いて知らせたり、「しんどい」と書いて、ストレートにわかってもらえるようになったのがうれしかったです。

私の7歳の誕生日は7月12日ですが、その日私は、病気になって初めて、自分の意見を聞いてもらって、お祝いをしてもらいました。その日のことを次のように書きました。

母は私に、「お誕生日に、ケーキを買ってお祝いしよう。み

おは、白のケーキが好き？　茶色のケーキが好き？」と聞くので、「ちゃいろ」と、紙に書くと、びっくりして、「今までずっと、みおは生クリームのケーキが好きやと思っていたのに、チョコレートのケーキが好きやったの。知らんかったなぁ。これからは、チョコレートのケーキを買うね」と言った。

　次にプレゼントの話になり、「今までみおが何を欲しいかわからなかったから、ぜんぜん何も買ってあげなかったけど、何が欲しいの？」と聞くので、「りかちゃんにんぎょう」と書いた。姉の舞ちゃんが持っているので、私もずっとほしかったからだ。

　「何色が好き？」と聞かれ、「ピンク」と書き、スイミングに行ったら、その間に、チョコレートケーキとピンクの服を着たリカちゃん人形を買ってくれていて、手巻きずしまで作ってくれていた。

　私はプレゼントのリボンを開けてもらっていると、思わず口から「ありがとう」という言葉が出て、うれしさをかみしめていた。自分の思っていることを伝えられる喜びにひたった一日だった。

初めての読書感想文

　7月17日、教室で、先生がみんなを自分の周りにすわらせて、『さっちゃんのまほうのて』という絵本を読んでくれました。右手の指のない女の子さっちゃんが幼稚園でままごと遊びのお

第 2 章　小学校時代

かあさんになれないで、「さっちゃんはおかあさんにはなれないよ！　だって、てのないおかあさんなんてへんだもん」と友達に言われ家にかけて帰って、自分の手がどうしてみんなとちがうのかをお母さんに聞く話でした。私は聞いていて悲しくなって、「ウーウー」と言って泣いてしまいました。

　母が私の様子に気付いて、「どうしたの？　言いたいことがあれば、書きなさい。みおは、どう思ったの？」と、聞いてくれたので

　　みおのほうが　　つらい
　　　　　　　　　　　　しゃべれないから

　　みおのては　　　うごけない
　　　　　　　　　　　　うごかない

　　おともだちは　　みおのほうが　　やさしい

　　つらかったら　ねる　　ねるとしあわせ

　　じがかけるようになって　　　うれしかった
　　　　ままとおはなしできたから

　　それまでは　　　かなしかった

　　これからは　　てをうごかす　れんしゅうをする

と、書きました。今思えば、これが私の最初の読書感想文になりました。

 それから間もなく夏休みに入りました。いろんな本を読むことを勧めてくれた姉の先生のアドバイスに従って、私が書けるようになった初めての夏休みは、まず図書館に行くことから始まりました。絵本をたくさん選んで借りてきて、母に読んでもらって、感想文を書くのを日課にしました。母が「どう思った？」と聞くので、自分の思ったことを書きました。『にんぎょひめ』、『ママはやくかえってきて』、『モンゴルの白い馬』、『ふぶきにあった日』、『ブレーメンのおんがくたい』、『なみだのこうずい』、『マッチうりの少女』、『天馬とにじのバチ』、『チロヌップのきつね』、『えっちゃんとこねこムー』、『とべないホタル』を読んだ感想文があります。

7月21日
にんぎょひめをよんで

アンデルセン作

 にんぎょひめは、やさしいおんなのこ。おうじさまは、にんぎょひめのやさしさにきがつかないで、ほかのおんなのひととけっこんするなんて　ひどすぎる。

 にんぎょひめがたすけてくれたひとと、わかったら、にんぎょひめとけっこんしただろう。にんぎょひめがしゃべれたら、しあわせになれたのに。しゃべれないことは、わかってもらえないのですごくつらい。もし、しゃべれたら、すぐにわかってもらえたのに。

第 2 章　小学校時代

　みおだって、じゆうにしゃべれたらうれしいのに、しゃべれない。にんぎょひめのかなしみがよくわかる。
　にんぎょひめ、てんごくでしあわせにくらしてね。

8月5日
とべないホタルをよんで

小沢昭巳作

　ホタルのこどもたちのなかで、一ぴきだけ、はねがちぢれてどうしてもとべないホタルがいた。わたしとおなじとおもった。みんなは、とぶのがあたりまえなのに、とべないなんて、てがつかえて、しゃべれてあたりまえなのに、てもつかえない、しゃべれないわたし。
　どんなにみんなといっしょに　そらたかくとびたいか。一どでいいから、スッスーとひかりながら　とんでみたいというねがいをもちながら、ねこやなぎの木のてっぺんへとよじのぼるホタルにじぶんのすがたが　だぶってしまう。
　みんなは、こんなかんたんなこと、どうしてできないの？とおもうだろう。なんといってあげたらいいのかわからないだろう。そんなとき、わたしなら、かわいそうにとおもわないで、ふつうにしていてほしいなとおもう。どうしてもできないときは、しかたがない。でも、なかまにいれてほしい。とべないホタルだって、なかまがいてくれるだけでげんきになれたんだもの。
　みんながじぶんのことをわすれてひとりぼっちだとおもっていたのに、じぶんがつかまえられそうになったとき、みがわり

になってくれたなかまがいるのをしって、どんなにうれしかっただろう。ひとりぼっちじゃないというきもち、そのはんめん、なかまがしんでしまうかもしれないというふあんで、ないてしまったのだ。

とべないホタルさん、よかったね。みんな、あなたのことをおもっていたんだよ。みんな、みがわりにじぶんがなろうとおもったんだよ。じぶんのいのちがどうなってもいいというやさしさが、みんなのこころにうまれたんだよ。みんな、あなたのなかま、ほんとうのともだちになったんだよ。

あなたも、みんなのやさしさにふれて、ちぢれたはねをきにしてこころまでちいさくなっていたころと、ずいぶんかわったね。わたしだってそうよ。いいおともだちがいっぱいできて、じぶんのできないことをかなしんでいるより、みんなといっしょにげんきにすごそうとしているのよ。みんなといっしょだとつよくなれるよ。がんばろうね。

このように、絵本から児童書まで、読み聞かせてもらって、私の空想の世界は広がり、感じたことを書き表すことにより、私の国語力がのびたのだと思います。

母は、その少し前、『クシュラの奇跡』ドロシー・バトラー著（のら書店）という本を読んでいたので、障害のある子にも、本が大切な役目をするのを知っていて、よけい熱を入れてくれたのだと思うのです。

私は、自分の思うことを筆談で表現できる喜びでいっぱいでした。書けるということは、わかってもらえるということにつ

ながるので、いくらでも書きました。また、何についてでも書きました。

2学期―試されて

　2学期になって、毎日、日記を書きました。母に介助してもらいながらも、めいっぱい友達と遊んだ様子が、当時の日記に記されています。

9月27日
おわったよ、うんどうかい
　きょうは、きんちょうしてばかりで、てもあしもぜんぜんおもいどおりにうごかなくて、くやしかった。いっしょうけんめいしようとおもっていたのに、ちからばかりはいって、あしがぼうのようになった。いま、おわって、ほっとしたのとどうじに、じぶんにはらがたっている。ママは、「みおはみおなりにがんばればいいよ」といってくれるけど、やっぱりくやしい。リレーのせんしゅのように、はしれたらいいのに。一どでいいから、あんなふうに、はしってみたいなとおもう。みおにくらべて、まいちゃんはよくがんばったとおもった。きょう、おわりまでやれただけでもよかったとおもうほうがしあわせかな。せんせい、ありがとう。

10月2日
おもしろかったこと

　きょう、じゆうあそびのとき、すわりおにをした。はじめは7にんぐらいだったのに、つぎつぎ「よして」とあつまってきて、どんどんふえていった。おにさんと、あたらしくはいるこがジャンケンして、まけたこがおにになるので、おにさんがどんどんかわって、おもしろかった。はじめは、すなばのまえでやってたのに、みんなでにげるから、ばしょがたいいくかんのまえにうつり、さいごは、ブランコのまえまでいどうした。おにさんひとりに、おにでないこが14にんぐらいだから、「おにさん、こちら」ってみんな、あちこちでいうので、おにさんがきょろきょろして、おもしろかった。おにさんでおもしろいのは、うごきのはやい、たかくんで、ひなちゃんが、よくおにさんになっていた。そしたら、さっちゃんがおにさんにかわってあげてたよ。やさしいね、さっちゃん。みんなでいっしょにあそぶっておもしろいね。

10月15日
あき

　あきってふしぎだね
　いろんなものを　かえてしまう
　みどりのはっぱは　赤やきいろ
　きんいろにさく　きんもくせい
　お日さまのひかりも　ちょっと　ちがうね

第2章 小学校時代

　これは、国語の時間に詩を習って、初めて書いた詩です。何日か前の秋さがしのことを思い出して、すぐ心に浮かんできたものです。私は、その頃、文を書くのが大好きで、何でも書きたいと思っていました。また、友達とも、活発に遊びまわっていました。

10月21日
おうさまジャンケンをして
　きょう、たいいくですわりおにやいろいろしたから、きょうしつで　おうさまジャンケンをしてあそんだ。いままでは、みおジャンケンでパーばかりだしてよくまけていたけど、きょうは、グーもいっぱいだして、よくかったよ。おうさまのイスにもすわれたし、なんかいも、おうさまに、ちょうせんしたよ。もっとチョキもだせたらいいのにとおもうけど、チョキってむずかしいよ。もっとれんしゅうして、チョキもみんなみたいにだせるようにするよ。まけないよ。

10月27日
はじめてシーソーにのったこと
　きょう、うまれてはじめて、シーソーにのったよ。ちょっとこわかったけど、みえちゃんにうしろにすわってもらって、ささえてもらった。ゆっくり、上がったり、下がったりで、こわいの、うすれてしまった。だんだん、おともだちがふえて、きしゃみたいになった。10人ぐらいのっていた。上にいったらそのままでじっととまってるときもあった。そしたら、ママがは

んたいがわにだれかをのせてくれた。くっついて、「キャー」っていって、たのしかった。

11月1日
いっしょうけんめいあるいたこと

　まえのばん、ママが、「みお、あるけるかなぁ。いきだけでも、あるこうね。もし、かえりに、しんどなったら、でんしゃでかえろう」といっていた。わたしは、「おうふく、みんなといっしょにあるけるよ。ママ、しんぱいしなくて、だいじょうぶ」とママのてにかいた。

　あさ、おべんとうのいいにおいで、目がさめた。おねえちゃんは、もう、おきて、いなかった。わたしは、ちょっと、きんちょうしていた。しんどいかなぁ、だいじょうぶかなぁとおもっていた。パンもあんまりたべられなかった。いえをでたところで、きんちょうしてこけてしまった。ママが、あわててとんできた。おでこにたんこぶができたけど、かくして、へいきなかおをした。ママは、きがつかなかった。きんちょうで、ちょっとへんなあるきかたのとき、せんせいにあった。ママとせんせいのはなしをきいてるうちに、きんちょうがとれてきた。みんなとあうと、えんそくにいくんだとうれしくなってきた。リュックをせおって、さあ、しゅっぱつだ。みおとママがせんとう。こうちょうせんせいもみおとてをつないでくれた。ちょっと、かたくなってしまった。あきのいねかりのおわった田んぼのようすや、大きなきくの花をみながらあるいた。あつくなってきたけど、しんどくはなかった。1かい目のきゅうけいも、

第2章 小学校時代

だいじょうぶだった。でも、どこまであるくのかなあ、まだまだかなあとおもっていた。山がちかづいて、「もうすぐよ」っていわれたとき、じぶんでもうちょっと、がんばろうとおもって、あるいた。だいぶしんどかった。

さいごの山てこうえんへのかいだんとさかは、しんどくて、もういやとおもってた。そしたら、せんせいが、「ソーリャ。ソーリャ」とかけごえをかけてくれ、みんなが、「ソーリャ。ソーリャ」といった。みんなも、わたしのことをおうえんしてくれてるから、がんばらないととおもって、あしをひっぱりあげた。さいごのかいだんは、ママにわきをささえてもらって、やっと、のぼれた。やっとついた。「ヤッター、うれしい」とママのてにかいた。しばふでちょっとやすんで、みんなのいるジャンボすべりだいへいった。みんなたのしそうにすべってた。でも、わたしは、こわそうだなあとおもってた。ママは、こわいというし、みてると、川さき先生がきてくれて、「いっしょにすべろう。こわくないよ」といってくれたから、こわごわ、いって、すべった。すごくきゅうで、ビューンってすべった。「キャー」とこころのなかでさけんだ。みんなよくへいきで、すべれるなとおもった。また、「もう1ど、すべろう」っていわれたから、「うん」ってかいて、すべった。こんどは、そんなにこわくなかった。ちょっと、おもしろいとおもった。こんどは、山中先生が、「すべろうか」といってくれたので、すべった。3かいもすべるなんて、おもいもしなかった。スリルまんてんのすべりだいだった。おべんとうは、みんなでたべて、おいしかった。おやつは、みんなにあげようとおもってたのに、

みんなからもらってばかりだった。おちばをひろって、こんどは、かえりだ。かいだんをおりるとき、あしのおやゆびが、くつにあたって、いたかった。「ウー」っていったけど、ママは、きがつかなかった。

2ねんせいがおそいので、ちょっとイライラしながらあるいた。とちゅうで2ねんせいをぬかせて、すっとした。しんどかったし、あしのおやゆびがいたかったけど、先生がうたをうたってくれたので、げんきがだせた。ママもうたえばいいのにとおもった。がっこうがみえてきたとき、なきかけると、こうちょうせんせいがなぐさめてくれた。がっこうのげんかんをはいって、やっとついた。「ヤッター、みおがんばってあるいたよ。やっとついたよ」とママのてにかいた。みんな、ありがとう。先生がた、ありがとうございました。

　これは、遠足のことを書いた作文で、山手公園まで、往復12キロをみんなといっしょに歩いたことを、国語の時間に書いたものです。このあと、くつがあたっていた足の親指のつめがはがれ、化膿して、何日も医者に通うことになってしまいましたが、歩き通したということが、私の一つの自信になりました。
　でも、いいことばかりでもありませんでした。母が介助に入ることにより、介助員さんの仕事が減ったことで、介助員さんに不満がつのり、先生も頭を痛められたのでしょう。先生からの連絡帳には、私の親を踏みつけて悲しませるような言葉が書かれていました。でも、私の介助は、母にしかできないことでした。介助員さんは、左ききで、私は右ききですし、緊張する

第2章　小学校時代

と書けなくなるので、慣れない人には無理でした。母とは、抱っこ法を通して、いろんな話をして、心が通じているから、できたことで、しかも、ずっとずっと私の手の動きに合わせる練習をしていたからできたことで、簡単に私の介助を誰もができるものではないのです。でも、学校側は、そうは、思わなかったようでした。

　たまたま、私の両親が風邪の熱で寝込み、私は元気だけど学校を休まなければならなくなった日、先生がクラス全員を連れて、私の家に私を迎えに来てくれたことがありました。両親は感激して、大あわてで私の登校のしたくをしてくれて、私はみんなといっしょに2時限目の途中から学校へ行きました。

　11月4日のことです。その日もいつものように日記を書くのでしたが、母がいないので、先生が私に鉛筆を持たせ、私が本当に自分で書いているのかどうかをためそうとしました。私は、先生の強い力で押さえられたので、手を動かせませんでした。書かないといけないと思うと、緊張で手がつっぱり、よけいひどくなりました。そこで先生は、私が自分で書いていないと判断して、私の書きたいこととはぜんぜん違うことを私に無理やり書かせたのです。それがこれです。

11月4日
きょうのこと

　きょうは　パパと　ママが、かぜをひいたので、おうちにいた。
　みんなが、きてくれた。ふくをきて、パンをたべた。パパと

ママもきがえた。こうえんでみんなまってた。たいいくしたよ。おにごっこもしたよ。ゆうびんやさんになったよ。おぼんのかかりだよ。

　先生は、私の両親に、「私介助で、みおちゃんが書きました」と言って、これを見せたのです。先生のことを信じきっている両親は、「先生とも書けた」と、喜んでしまって、「よかったなぁ。これで安心や。抱っこ法の先生にも報告しよう」と喜ぶだけで、私に聞こうともしなかったし、私は心の中で、「ちがうよ。先生に書かされたんだよ。私の文章とはちがうでしょ」と、言ったけど、そのことを母に伝えませんでした。病気の母にショックを与えたくなかったから、また私は、友達と遊びに学校へ行けたらそれでよかったからです。友達とは、指一本にしてもらえると、書けたので、さっちゃん、みえちゃん、まみちゃん、みくちゃん達と話をするのに、それほど不自由しませんでした。母が食事を家に食べに帰っている時にトイレに行きたくなって「ウー」って言うと、さっちゃんが「どうしたの？」と、聞いてくれて、「トイレ」と書いて、介助員さんや先生に知らせてくれたこともありました。また、何をして遊ぶかも、指で書いて通じていたから、先生介助がダメでも、私にとっては、どうでもよかったのです。

　先生は11月7日にも、日記を書かせて、「私介助で書きました」と母に言っていました。先生が記念にくださいと言ったので、今、それは私の家にはありませんが、連絡帳には11月7日、2回目の筆談で私が主体的に書いているということが明確にな

第2章 小学校時代

ったという主旨のことが書かれていました。後に注意深く先生の書かれた連絡帳を見ると、1回目より2回目の方がトーンダウンして書かれていました。また、私が鉛筆をひとりで持って書けるように求めていきたいということが加えられていることから、自分介助ではできなかったが、ひとりで鉛筆を持って書いてほしいという、手が思うように使えないという病気への無理解がそこにうかがえます。

　私の両親は、何の疑いも持たずに、先生の介助で私が2度も日記を書けたと、思っていたのです。まさか先生がうそをついているなんて考えもしませんでした。ただただ喜び、感激していました。あの時、もっと冷静になって、そんなに簡単に介助できるようになるのかと考えるなり、私に、どうだったかを聞いてくれていれば、後で先生の言動に苦しめられることはなかったのに、と思うのですが、それほど、「先生の介助でも書けた」という親の喜びが大きかったのだと思うと、私は、何も言えませんでした。

　そんなことがあった後も、私は、自分の思うことを書き、いつも通り過ごしていました。

あなたへ

　しゃべれない人間が
　長い文章を書くのは　おかしいですか
　やっと　書くことで

自分を表現できるようになったのに

手を使えない人間が
一生懸命　中指と薬指を動かして
長い文章を書くのは　おかしいですか
コントロールできにくい手で
疲れと闘いながら
ほんの少しの動かせる力を出しきって
書いているのに

しゃべれない人間が
いろんなことを考えるのは　おかしいですか
あなたと同じ人間のつもりなのですが

　私は、書くという手段ができた喜びでいっぱいでした。誰が何と思おうが、どうでもよかったのです。いろんな本を読み、思ったことを書きました。

12月19日
みんなのこと
　きょう、養護担任の森野先生がきて、みおのくみのみんなが、やさしい、いい子だっていってくれた。みおも、ほんとうに、そうよっていいたい。みんな、ほかの子とちがうの。みんな、しぜんにしてくれるの。さっちゃんは、一ばんはじめから、みおのきもちをわかってくれた。はじめは、かわった子やなって

目で見ていた子も、みおのよだれがいやだとおもっていた子も、いまでは、みんな、なかま、おともだちよ。いっしょに、いろんなことしてきたものね。みんな、ひとりひとり、やさしくなってくれた。みんな、ありがとう。みお、みんなのなかまにいれてもらえて、うれしいよ。もう「ひとりぼっちのライオン」じゃなくなった。みお、この１年１くみ、大すき。

　こうして、私の１年生の２学期も終わりました。先生とも、指で字を書いてお話しできたこともあったし、介助員さんがやめてからも、私に給食を食べさせてくれていたから、先生のうそを私は忘れようとしていました。でも、時々、先生がゲームをよそおって、私が本当に書いているかをためすのは、やはり嫌でした。私の母は、不思議そうでしたが、先生を信じきっていたから、あまり何も考えなかったようです。というより、私の介助に必死で、何の余裕もなかったのでしょう。私は、疲れると寝るし、よく腹痛になるし、冬になると、よく微熱を出していましたから。クラスの友達は、みんな優しく、とっても楽しかったので、私は、できる限りがんばって学校へ行っていました。

３学期――障害児の姉

　私にとって、３学期はいつも一番たいへんな時でした。寒さが体調を乱し、それに耐えるのが何より難しいことでした。友

達だと思っていた子にじゃまにされて私がすごく怒って書いた日記をここにあげましょう。このささいな事件を先生は、後に私ではなく親が書いたものと思って、私の親を攻撃したのでした。

2月10日
いやだったこと

　あれは、1月13日のことです。ひさしぶり、さっちゃんやおともだちとあそぶやくそくをして、みおは、おうちであそぶのをたのしみにしていました。

　まずさっちゃんがいえにきて、ふたりでママごとをしようとしていました。そこへみっちゃんとりんちゃんがきて、みんなでママのよういしてくれたやきいもとおちゃと、みっちゃんのもってきたふくろがしをこたつのところで、いっしょにたべました。そこまではよかったのですが、そのあと、ママがだいどころへかたづけにいって　いないとき、みんながおもちゃをもってくるのがいやそうで、レッスンじょうにある、まるイスであそびだしました。まるイスをとびばこにしてとぶのです。みおの手のくんれんにつかうだいじなどうぐを、マットにしていました。みおは、「すごいことするなぁ。あぶないし、こわくてできないよ。そのうちやめるだろう」とおもって見ていました。でも、みんな、だんだんあそびにむちゅうになって、ひとりひとり、じゅんばんにとんでいました。ママはとなりのへやで、こたつにはいって、しんぶんをよんでいました。ちょっとしんどそうで、みんなをちゅういもしないで、しらんかおをし

第2章 小学校時代

ていました。みっちゃんはそんなママのかおをチラチラ見て、あんしんしたのか、「みおちゃん、じゃまやから、ここにすわってて」とあかちゃんようのイスをステレオのよこのすみにおいて、いいました。みおはそのとき、すごくかなしくなりました。「じゃま。みおちゃんあそぼうってみおのうちにきていて、みおをじゃまあつかいするの？　みおができないあそびをして、みおにはすみで見てろっていうの？　じぶんたちだけでキャッキャッいって、みおのことじゃまっていうの？　そんなのかってすぎるとおもわない？　そんなにみおのできないあそびがやりたいなら、なにもみおのいえにくることないでしょ。そとであそべばいいのじゃない。みおはそんなにじゃま？　先生やママのまえでは、みおちゃん、みおちゃんっていってやさしくして、先生やママの見ていないところでは、じゃまものあつかい。ひどいとおもわない？　みお、もうそんな子とあそびたくないよ。はやくかえってほしい」っておもっていました。ママはやはり、しらんかおでしんぶんをよんでいました。さっちゃんなら、みおのきもちにきづいてくれるかとおもいましたが、先生のまねをしているみっちゃんのいいなりになって、イスとびをするのにひっしでした。みっちゃんが「ごうかく」というからです。みおは、なかまにいれてほしいので、イスからたちあがって、みんなのとんでいるところに、フラフラあるいていきました。するとまた、みっちゃんが、こんどは、ソファーのイスをさして、「みおちゃん、じゃましいないよ。ここへきて、すわってよ」といいました。みおは、さいしょは、かなしくなりながらも、なんとか、きもちをおさえて、いうとおりにしまし

たが、2 ども、「じゃま」といわれて、のけものにされて、もういやとおもっていました。それにたいして、さっちゃんも、りんちゃんも、ママもなにもいいませんでした。ママのかおがちょっとくもったのを見たのですが。

　その日、りんちゃんは、かぜをひいていて、みおのきもちにきづいてはくれませんでした。「キャッキャッ」いって、とびばこをたのしんでいました。「4じには、かえらなあかん。おばちゃん、もう4じ？」とりんちゃん。「かぜひいてるからかえるの？　もう4じよ」とママがこたえると、りんちゃんはかえっていきました。「りんちゃんがかえったし、もうみおもできるあそびをしてくれるやろ」とおもっていたのですが、みっちゃんとさっちゃんは、まだ、とびばこあそびをつづけるのです。みおは、なにもすることもなく、あまりなふたりのたいどに、もうがまんできなくなり、ママに「いやよう」というしんごうをおくりました。「シュッシュッ」というのです。はぎしりもしました。それをきいて、いままで、こどものことには、かんしょうしないというたいどのママも、あわててとんできてくれて、「みお、ママのこたつのところへおいで。どうせ、できないんやから」といって、こんどは、みおのいいたいことを、手にかかせてくれたので、こうかきました。「みお、とびばこ、こわくってできないよ。イスでするなんて、あぶないよ」ママは、みおのかいたことをふたりにいって、「こっちにおいで。ママのところへおいで。みおちゃんのできないあそびばっかりするんやもの」といって、こたつのところで、だっこしてくれました。「やっぱり、わかってたんだ。もっとはやくきてくれ

第2章 小学校時代

たらよかったのに」と、みおはちょっとはらがたちました。どんなことでも、がまんのげんどがあります。みおはとっくにそのげんどをこえていました。もう、みっちゃんとさっちゃんにはかえってもらいたかったです。ふたりは、ママのおこったようなようすに、ばつのわるそうなかおで、すみっこにすわってこそこそと、はなしをしていました。ママは、いっしょうけんめいみおをなぐさめてくれましたが、もう、そのときは、みおのこころのいとは、プッツンときれていて、こころのそこに、かなしみのかたまりが、たまっていました。

　ふたりは、5じすぎにやっとかえっていきました。わたしは、ママとふたりになって、ほっとしました。ママはみおをだいて、「みお、こんなんやったら、みおひとりで、レコードきいて、じゆうにおどってるほうがええやろ。ママなあの子らにまかせてたらいけるとおもってたんよ。ママ、いえにかえってまで、あそびのかいじょ、してられへんの。ようじ、いっぱいあるし、ママがねこんだら、たいへんやろ。だから、がまんしてな」といいました。みおは、1年になって、いっぱいおともだちができたとおもってよろこんだのは、まちがいだったみたい。もう、むりにみおとあそんでくれなくていい。みおのできないあそびで、みんなでかってにあそんでね。みおは、ひとりで、音がくをきいたり、本をよんであそぶの、とおもっていました。「みおちゃん、じゃまやから、そこで見てて」っていわれて「みお、生まれてこなければよかった」って、ずっとおもっていました。

　それが、だっこの先生のところへいって、やっとママにわかってもらえました。それに、この日だけでなく、いままでも、

いえでのあそびのとき、じゃまものあつかいされたことがあったので、よけい、この日のことが、かなしみとなっているのです。みおってそんなにじゃまですか？

　わたしは怒るととてつもなくたくさんのことを書き表したくなるし、平気でそれができるのです。先生はこんな長い文章を１年生が書けるはずがないと思ったのでしょうが、母の知らないことを書いているということにもっと注意してほしいと思いました。それに、これは子供の間のよくあるけんかであって、いちいち先生に出てきてもらいたくて書いているものではなく、日記を書いて自分の言いたいことを表現しているだけのことなのですから。

　私の体調不良がやっと治ってからも、私は寒さに耐えていました。

　そういう時、私の学校では、「私のことを理解してもらうため」の交流をよくしていました。兄弟学級の６年１組との交流、姉のいる５年３組との交流、そして、５年１組、２組とも交流を始めました。私は、どうして自分だけが、理解してもらうため、「どうしてこんな病気になったか」とか「どうして字が書けるようになったか」等を説明しなければならないのかがわかりませんでした。母が説明するのを聞いていて、いつも私は嫌でした。

　どうして、関係のない子にまで、説明しないといけないのか。私には訳がわかりませんでした。知らない子に見つめられるだけで、私は硬くなっていました。何度も何度も、飛行機に乗っ

第2章 小学校時代

た怖かった時を思い出し、泣きそうになりながらも、がまんしました。

　先生は、そんな私の気持ちなんか考えようともしないで、「私のことを理解してもらう交流」を勝手に決めていました。私は、自分の身近な友達や先生に一番わかってもらいたいのに、形式的な交流をわざわざやってもらうことにうんざりしていました。

　そんな時、一つの事件が起こったのです。

3月4日

　きょう、5年1くみの人ぎょうげきを見せてもらった。まいちゃんが、まえに、よくよんでいたから、しっていたけど、すごくじょうずだとおもった。木がはっぱの1まい1まいまで、ていねいにかけていたし、小とりは、かわいいなとおもったし、りゅうが出てきたときは、「すごくこわいかおで、はく力あるりゅうだなぁ」とおもわずこえが出てしまった。そしたら、「しっ」と、長野くんにいわれた。みおは、じぶんの気持ちをママにつたえたかっただけだったのに。みおだって、おにいちゃんやおねえちゃんがいっしょうけんめいしてくれてるのをしってるし、しずかにきかないといけないとおもってるよ。いっしょうけんめいきいてて、おもしろかったから、こえを出してしまっただけなのに、みおのこと、「へんな子」とおもって、ちゅういしにきた。おさえつけるようなたいどは、かなしかった。それも2ども。

　みおのこと、なにもわかってないやろから、しずかにしとけ

っていうの？　いっしょうけんめいきいて、かんどうしたから、こえを出しただけなのに。おにいちゃんたちは、ほんとうにしゃべってるように、本をよんでいたから、すいこまれるように、おもっていたのに……

　もし長野くんが、げきを見て、かんどうして「わぁ、すごい」っていったとき、すぐ「しっ」「しずかにして」っていわれたら、どんな気がするとおもう？

　それに、みおのこと、しょうがいじだとおもってるから、そんなふうに、ちゅういしにくるのでしょう。「どうせわからんやろうから、じゃまするな」とおもってるのでしょう。みおがふつうの子で、「わぁ、すごい。あのりゅう、じょうずね」といってたら、あんなふうには、いわなかったのとちがう？
「しょうがいじは、じゃまするな」というかんがえしかないの？　みおだって、かんじてるのよ。かんがえてるのよ。おなじ人げんよ。手足がおもうように、うごかないだけ。口でおもうように、しゃべれないだけ。でも、はなしのすじもわかってるし、いろんなこと、しっているのよ。こうして、いろんなこと、かけるから、わかってもらえるけど、みおが、あの長野くんのおさえつけるようなことばに、どんなにきずついたかを、すこしは、かんがえてほしい。みおは、あのあと、かなしくなってしまって、もう、人ぎょうげきをたのしめなくなってしまった。
「しっ」というまえに、「どうしたの？」って、きいてほしい。きょうは、みお、ママの手に、こえを出したわけをかいた。

　それから、ほんのすこしのこえぐらい出しても、ゆるしてほ

第 2 章　小学校時代

しい。それをゆるすくらいのやさしさがなかったら、いきがつまってしまう。

　これが、その日の日記です。私が「ウー」と言ったために、その事件は起こったのです。
　その後、先生も交えた席で、母が長野君に、私から聞いた「ウー」の訳を説明しました。それで終わったかに思えたのですが、まだまだ、それが発展していったのです。
　家に帰って、姉に、その話をしたら、「それで、長野君、掃除の時間に、私のところに来て、『お前の妹、うるさかったぞ』って言ったんやね」と言いました。
「あんたのところに言いに来たの？」
「うん。掃除してて、何のことかわかれへんかったわ」と姉。
「ちゃんと、説明したんやけど、何でわざわざ、組も違うのに、あんたのとこに行ったんやろ」という会話が、わが家にありました。

3月6日
まいちゃんのこと
　きのう、まいちゃん、かえったときは、びっこひいてた。すごいおできがひざにできてたから、みおのこと、いわれた日ぐらいから、きゅうにおできがひどくなった。
　よる、いしゃにいってかえってからも「いたい」っていってないてた。みおも、いたいのわかるから、いっしょにないたら、ママまでないた。そのあと、きゅうに「さむい」っていっ

て、ふるえだした。かおは、まっさおになっていた。
「ねつ出てきたな。はよねり。あした、学校むりやろな」と、ママはいった。
　まいちゃんが、こんなになったのも、みおのせいだ。みおさえいなければ、まいちゃん、あんなこと、いわれなかったのに。

障害児

　障害児の妹がいると
　姉は　関係のないことまで
　責められないといけないのでしょうか

　それでなくとも　みんなに特別な目で見られ
　それでなくとも　親から　かまってもらえないで
　さびしい思いをしてるのに

　障害児の妹がいると
　姉は　何もかも
　責任をとらないといけないのでしょうか
　自分のことだけで　精一杯なのに

　次の日、姉は、学校を欠席し、私と母とで、姉の連絡帳を持って行きました。あいにく、姉の先生はお休みで、長野君の担任の先生が、姉の連絡帳を受け取ってくれました。連絡帳には、

第2章　小学校時代

「足のひざのおできがはれて、熱が出たので、お休みさせてください」とだけ書いてありました。

　それが、どうなったのかわからないのですが、私と母が帰ろうとしているところに、長野君が担任の先生といっしょにきて、姉のことで、謝り、反省文を書いたので、それを舞ちゃんに渡してほしいと言われました。私も、母も、びっくりして、それを受けとり、家へ帰りました。
「反省文」というものに、びっくりし、その対応の早さにびっくりし、内容を読んで、また、びっくりしました。

　そこには、「ごめんなさい」は、書かれていたけど、「ぼくは、『お前の妹、うるさかったぞ』とは、いっていません」と書かれていたからでした。

　これが、反省文なのか。じゃあ、彼は、一体何を謝っているのか。彼が何も言いに来てなかったのなら、舞ちゃんは何にショックを受けたのか。今日、謝りに私のクラスに来たのは何だったのか。という、わけのわからないことに、一家全員悩まされてしまったのでした。

　父が怒って、長野君の家に電話をかけ、「本人が本当に謝る気があるなら、家に来て、直接舞に謝れ」と言ったのでした。

　はじめは、長野君のお母さんも、びっくりされていたらしいのですが、翌日、長野君、長野君のお父さん、お母さんが、お花を持って、謝りに来られました。この間の話をして、問題点をわかってくれ、長野君は、お父さんに叱られたのでした。舞ちゃんは、黙ってはずかしそうにしていました。

　こうして、私の一言の「ウー」がいろんな波紋を起こして、

終わったのです。私にとって、「交流はもうたくさん——それより、友達と自由に遊ばせてほしい」というものでした。
　その後も、クラスでは、楽しく過ごしました。

3月10日
みおのことわかってくれるみんな
　みおのことをわかってくれて、うれしいよ。みお、みんなとじゆうにおしゃべりしたいの。でも、なかなかおもうようにいえないの。
　みんなは、それでも、みおがなにをいいたいかをきこうと、いっしょうけんめいになってくれるので、みおも、いうように、いっしょうけんめいどりょくするの。かくのも、でんしゆうびんのおかげで、よくわかってもらえるようになって、うれしいよ。みおのおもってることまでわかってもらえて、こんなにうれしいことはないよ。みんな、ありがとう。

　ここでの「でんしゆうびん」とは、伝言ゲームのようなもので、私が「りんご」なら「りんご」と、各グループの先頭の子に、指で書いて、それを送り、最後の子が、黒板に書いて、正解かどうかを競うゲームです。すぐわかる子と、何度も聞き返す子がいて、楽しかったです。私の仲よしの友達は、すぐわかってくれました。

第 2 章　小学校時代

3月12日
おねがいじぞうをつくって
　きょう、おねがいじぞうをつくった。みお、いっぱいおねがいしたいことあったけど、一つだけにした。「みんなのように、げん気になりますように」と、おねがいした。だって、げん気になれば、おしゃべりもする気になるし、手足だって、がんばってうごかす気になるもの。げん気なら、なんでもできるもの。ねん土で、すぐ、やさしいかおのおじぞうさまができた。ふしぎなぐらいかんたんだった。みおのねがいをきいてね。みおも、せいいっぱいがんばるよ。
「みおのこと、はやくしゃべれるようにや、びょう気なおるように」と、じぶんのおねがいをしないで、ねがってくれた子もいた。
「ありがとう。みお、その気もちだけでげん気が出そう」

　こうして、私は、友達に恵まれ、いろんな遊びをしながら、1年生を終えました。もちろん、勉強も楽しみながらしたし、苦手な体育も、父に介助してもらいながら、みんなといっしょにやっていました。

2年生になって

　2年生になったものの、風しんのため、みんなより少し遅れて4月14日がスタートとなり、毎日書いていた日記は、もっと

詳しく長くなっていきました。私は、それほど疲れることなく、書けるようになっていました。

4月17日　土よう日　はれ
　きょうは、あさからしんどかったけど、むりして、きてよかった。
　しんたいけんさで先生のいない時、ママが、1ぱんの子に「みおちゃんのまねしてみる？　口チャックで、先生の言ったとおりするの。どうしても、しゃべりたい時だけ、かみにかくの。なん分できるか、やってみる？」と言うと、みんな「やる」と言った。みっちゃんもそれをきいてて、「わたしもやる」と言った。「それじゃあ、10時からやで。ようい、スタート」それまで、よくしゃべっていた、東くんも、おかくんも、ピタッとだまってしまった。
　1分ほどした時、ふみちゃんが、めいちゃんのところへ、なにか、言いにきたけど、めいちゃんは、みおみたいに、くびをよこにふっただけ。
　3分できたので、こんどは、ママが、みんなに「みんなも、この子らみたいに、みおちゃんのまね、やってみない？　みおちゃんが、どんな気もちかしるために、口チャックで、先生の言ったとおりするの。どうしても、なにか言いたくなったら、かみにかくの。なん分できるか、やってみない？」と言うと、だれかが、「先生くるまで」と言った。ママは、わらって、「5分から、スタート」と言った。口チャックのジェスチャーしている子もいた。きゅうに、それまでとちがって、しずかになっ

第2章　小学校時代

た。1、2分して、西口くんが、ブツブツひとりでしゃべりだした。だれかが、かみにかいて、ちゅういしていたけど、きかなかったみたい。しずかだから、ちょっと気になった。ママが、「西口くん、もう、だめかな」と言った。でも、まだ、なにか言ってた。みおは、「いいのに」とおもってた。また、だれかが、かみに、ちゅういをかいていった。そのうちに、西口くんも、口チャックになって、シーンとした。みんな、いっしょうけんめい、けいさんドリルをしていた。おかくんと山村くんが、おてがみごっこをしだした。2ど目の時、ママが、「みおちゃんは、じゅぎょう中、おてがみごっこしないよ」と言ったら、やめた。

　みんなが、しずかに、いっしょうけんめい、けいさんドリルしている時、先生がはいってきた。

　みお、先生がきても、だれもなにも言わなかったので、びっくりした。「みんな、すごい。こんなにながいあいだ、口チャックするなんて。みおのことをわかろうとして、みおのまねをしてくれた。しんどかっただろうな。しゃべれる子が口チャックは」とおもった。「こくごの時間のくやしかったのは、もういい。みんなに、これいじょう、みおのまねしてもらうの、かわいそうだから」とおもった。でも、つぎの時間、先生が、ちょっと、みおと同じことを、みんなにさせてくれた。かいてから、手をあげて、言うことだ。

　みお、うれしかった。みおがそれをかいている時、ようたくんが、「みおちゃん、すごいな。いっぱいかけて。ぼくもかきたいけど、あんなにかかれへん」と言いにきてくれた。

みお、むねがいっぱいになった。みおのこと、「わかれへん」と言っていたようたくん。みおと同じことをして、わかってくれたのね。みおだって、みんなと同じように、しゃべりたいの。手をあげて、いろいろ、言いたいの。じゅぎょう中、先生にわからないように、おともだちと、はなしをしたり、休み時間もおしゃべりしたいの。でも、できないの。だから、かくの。かくことでしか、わかってもらえないの。かんがえて、かんがえてかくの。かく時は、よけいなこと、めんどうくさくて、かかないでしょ。みおも、一ど、よけいな、どうでもいいこと、言ってみたい。みおが口で、しゃべる時は、どうしても言いたいことだけなの。たいへんなのよ。そのかわり、かくことになれて、なんでもおもったことがかけるようになったの。いろんなことをかんがえるようになったの。ずっと、だれにも、わかってもらえないせかいに、いたから。ひとりで、いろんなことをかんじ、かんがえていたの。「この人は、みおのことをどうおもっているか」ということも、すぐわかったの。しゃべらないせかいにいると、すごく、しゅう中するの。みんなも、しゅう中して、けいさんドリルしたでしょう。それといっしょよ。
「みおちゃんのこと、わからない」じゃなくて、いっしょのことをして、わかろうとしてくれた。
　1年いっしょにいて、こんなに、みんなが、かわってくれるなんて、みんな、すごいね。やさしいね。みお、ほんとうに、うれしいよ。こんな、いいおともだちといっしょに、これからもやっていけるんだもの。
「ありがとう。みおといっしょのことしてもらって、つらかっ

第 2 章　小学校時代

たでしょ。みおのつらさも、わかってね」

　これは、約3時間かけて書いた日記です。何とか、書き残したいと思った感動のでき事だったので、必死になって書いたものです。
　また、体調が悪くて落ちこんだ日もありました。

4月23日　金よう日　はれ
　きょう、1時間目、みんながたいいくしているとき、みおとママだけ、へやでいて、ないてしまった。はじめ、しんどくてねていて、目がさめて、トイレに行って、それから、大なきしてしまった。ママに、口の中にハンカチを入れられて、しかられた。みお、じぶんのからだがよわいのが、なさけなかった。いっしょうけんめい学校にきても、たいいくもできないし、ちょうれいで、かん字ドリルをするだけで、しんどくなって、ねてしまう。「どうして、みおだけこんなにしんどくなるの？ どうして、みおだけ、なにもできないの？」っておもうと、くやしくて、大なきになってしまった。そしたら、ママに、「なくな。なくのは、まけや。なくなら、学校へくることない。なくほどしんどいなら、いえでおり。学校は、なくところやない。人のめいわくになるから、なくなら、かえろ。つよくなり、みお。学校でいたいなら、よわねをはくな。なくということは、まけることや」と言われた。みおのないてるのを、ろう下のまどから見ていた1年生の女の子が、「かわいそう」と言っていた。みお、よけい、なさけなくなってしまった。

5月になっても、いつも通り、笑ったり、泣いたりしながら過ごしていたのですが、一つだけ、変わったことをしてしまいました。
　舞ちゃんの友達が、家のエレクトーンで遊んでいて、「作曲をする」と言ってがちゃがちゃしているのを見た時、「私もしたい」と、何気なく思って、曲を作り、それに歌詞をつけて、できました。曲は階名で書き、母に楽譜にしてもらい、エレクトーンでひいてもらって、変なところは、変えて、思い通りの曲が完成しました。
「はずむ心」と「せつない心（悲しみ）」を、その日の内に、遊びで作ってしまいました。できた曲を先生に聞いてもらいたくて、母にエレクトーンでの弾き語りをしてもらい、テープに入れて、学校へ持って行ったのですが、後に、よけい誤解される原因を作ったということがわかりました。
　でも、その時は、曲を作るということが、思ったより簡単で、自分の思いついた通りになるのがうれしくて、次々に曲を作っていったのです。小さい時から、ずっと音楽を聞いていたし、心に浮かんでくるのを階名にして表すだけなので、別にそれが特別なことをしているというつもりはありませんでした。絵の好きな子が何枚も絵を描くのと同じように、私は曲を作っていったのです。そして、その曲に説明文を付けました。たとえば、こんなふうに――

第 2 章　小学校時代

5月17日
せつないこころをつくったわけ
　みお、ずっと手がつかえたらどんなにいいかとおもっていたの。みんなのように、じゆうに手がつかえたら、みんなのように、じゆうにしゃべれたら、どんなにいいかって、おもっていたの。
　言いたいことも、かんじてることも、あらわせなくて、ずっと、かなしくて、どうしようもないせかいにいたの。
　みおのきもちを、わかってほしかった。でも、そのために、どうしていいかもわからなかったの。
　いま、すこし手がうごくようになって、字がかけるようになって、やっと、かいて、わかってもらえるようになったの。
　5年間、「この子は、なにもわからない、なにもかんじていない」とおもわれていて、ほんとうに、つらかった。かなしかったの。
「わかっているのよ。かんじているのよ」って、言いたかった。
　音がくだけが、すくいだった。音がくを　きいている時だけ、かなしいのを　わすれられたの。

① はずむ心
② せつない心（悲しみ）

5月24日
みおのうた、わたしの大切なもの
　みお、どうしても、みおの5年間いたせかいのことをうたに

したかったの。また、ほかの人なら、そんなせかいで、なにを
もとめ、なぐさめとするのかをききたかったの。

わかっているのに、わかってないとおもわれて、「ちがう。
わかっているけど、言えないだけなの」って、さけびたかった。
「なんでも、わかっているのに、どうして、それをわかってく
れないの」って、さけびたかった。でも、それもできずに、か
なしくなってなくだけ。それでも、わかってくれないときは、
ねむるの。

かなしくってなくとき、いっしょに、かなしい気もちを　う
けとめてもらえ、なぐさめてもらえれば、ずっと、らくになる
の。

パパとママは、「だっこほう」で、いつも、みおが、なにを
かなしみ、どうしてほしいかを、わかってくれたの。みおとい
っしょに、ママは、なんかい、ないてくれたか。

みおのこころが、パパとママのあいでいっぱいになったとき、
みおは、わかってもらえるよろこびで、からだまで、かるくな
ったの。やる気も出てきて、おしゃべりも、できるようになっ
たの。

みおは、それをうたにしたかったの。きょくができたとき、
ママはなきながらうたってくれた。

つらかったけど、いまは、しあわせ。みおは、みおと同じつ
らいおもいをしてる子が、どんな気もちでいるかを、いろんな
人にわかってもらいたいから、これからも、いろんなうたをつ
くっていくつもり。

第2章 小学校時代

わたしのたいせつなもの
6月1日 火よう日 はれ

　きょうは、6の3（舞ちゃんのクラス）とのこうりゅうがあった。みおの作った歌を、ママのエレクトーンでばんそうして、みんなで歌ってくれた。みおの作文もよんでもらったので、よくわかってもらえたようだった。
「せつない心」「やみの中のわたし」と歌っていくうちに、きれいな歌ごえがたいいくかんにひびき、とってもうれしくなってきて、「うれしい」と、しゃべれた。また、「わたしのたいせつなもの」では、ママがないて、さいご歌えなかった。「にんぎょう」でも、じょうずに6年生が歌ってくれたので、「うれしい」と言って、先生にわかってもらった。
「2の1の歌」は、みんなも、元気いっぱい、じょうずに歌ってくれた。うれしかった。
「6の3の歌」は、そのものズバリのやさしく、あったかいふんいきで、6年生が歌ってくれた。さいごの、「なみちゃんのブランコ」も、すごくよかった。
　カルタもおもしろく、みおは、9まいもとったよ。こんなたのしいこうりゅうなら、これからも、何回もしてほしい。
　先生、みんな、ありがとう。

6月8日 火よう日 はれのちくもり

　きょうのたいいくで、みおは、手がだいぶよくなったのを、みんなにもしってもらえて、すごくうれしかったよ。
　うんていで、めいちゃんとむかいあって、ぶらさがるのに、

パパは、ぶらさがらせてから、すぐ手をはなして、みおは自分の力で、からだをささえた。

　はじめは、こわかったけど、いっしょうけんめい、おちないように、にぎったら、手が思うとおりにうごいたので、うれしかった。いつもなら、すぐだめで、はなしてしまうのに、30ぐらいぶらさがれた。みんながすごくよろこんでくれ、みお、よけいうれしかった。先生は、あとで気づいてくれたけど、先生にも見てもらえてよかった。みんなのはげましがあったから、ここまでよくなれたのよ。ありがとう。みお、これからも、すこしずつ、がんばるよ。みんなみたいに、自由に手がつかえるまで。

6月22日　火よう日　くもり

　きょうのたいいくは、パパのもってきたビデオで、ぶらさがり、かけっこ、さかあがり、うずまきジャンケンをとった。森野先生がとってくれた。みんな、ビデオにうつりたそうだったけど、みおのぶらさがりを、だっこの先生に見せるためだったのよ。みおは、とられると、きんちょうしてしまって、いつもよりかたくなってしまうの。みんなは、いつもよりにぎやかだったね。おもしろかったよ。

　さかあがり、はじめのは、先生が、手をしっかりおさえすぎて、回るのにこまってしまった。うごけないんだもん。ビデオにどんなにとられてるかと思うと、はずかしくなってしまう。森野先生が、「おしり見えてる」って言ったから、「どうしようかな」と思ったよ。

第 2 章　小学校時代

もう、あんまり、ビデオにとらないでね。どうも、はずかしくって、いつもどおりいかないから。

よっちゃんのこと

　私と同じ病気でありながら
　もっと　重い症状を持たされて
　生きているのよね

　私と同じ年に　小学校に入り
　今　どうしているのだろう

　同じ苦しみに　耐えながら
　別の道を歩くほかなかった私たち
　学校とは　そういう所
　人生とは　そういうもの
　与えられた場で　どう生きるか
　そういうものなのだろうか

　よっちゃんと初めて会ったのは、私が幼稚園の時でした。彼女のお母さんが、レット親の会の会報に載せた母の「抱っ子法紹介」の文を見て電話をかけてきてからでした。彼女も抱っ子法に行き、そこの会場で会ったのが、初めでした。同じ病気で

悩む家族が会い、情報交換することになりました。
　学校に入ってからも、お互いの状況を報告し合っていて、1年生の時、私の学校の先生と父とが、よっちゃんの学校を見学に行っていて、今度、よっちゃんの学校から先生方が来ることになったのです。

7月10日　土よう日　くもり
　きのう、よっちゃんがきた。みおは、ずっと「もう、くるか、まだかな」と思って、おちつかなかった。2時間目の休み時間に、めいちゃんが、「もう、よっちゃんきてるで。さっき、げんかんで会ったもん」と言いにきた。
　校長室をのぞくと、いたいた。知らない先生3人と、よっちゃんとおかあさん。みおたち、みんな下ぐつだし、かってに入れないので、のぞいただけ。ちょっとあそんで、3時間目。「あーあ、いやだなあ。いっぱい知らない人に見られるの。でも、ちゃんとしないと。せっかく遠くからきてくれてるのに」と思いながらの体いく。
　てつぼうのさかあがり。自分のばんがくるまでは、ドキドキしていて、自分のばんになると、ぜんぶわすれて、ただ、手をはなさないで回ることだけを考えていた。できたから、「ヤッター」と思った。タイヤとびも、こつがわかったから、けっこうはやくできた。ぶら下がりも、23まで、できた。よっちゃんもしたのには、びっくり。8までやったってママに聞いた。「やったね、よっちゃん。みんなといっしょだとできるでしょ」と言いたかった。よっちゃん、うれしかっただろうな。

第2章 小学校時代

　つぎは、かけっこ。ちいちゃんとはしった。「ちいちゃん、ひっぱれ、もっともっとひっぱれ」というママの声。「みおは、いっしょうけんめいなのに、ママはのん気だなあ」と思ったよ。しばらくすると、よっちゃんまできて、ゆうくんとはまさきくんといっしょに、ゆっくりはしった。はじめ、ころんだけど、またがんばったのは、すごかった。かごめかごめ、ロンドンばしもいっしょにした。こおりにも、ドッジボールも、よっちゃんにとって、何もかも、はじめてだっただろう。でも、うれしそうだった。「いつもは、どうしているのかな？」と思ってしまったよ。

　つぎは、こくご。「みおは、こくごが大すきだけど、よっちゃんは、どうかな？」と思いながら、すわっていた。みおが、思ったことをかいて、ママがかわりに言うと、よっちゃんの学校の校長先生が、びっくりしていた。「しょうがいじは、答えられないだろう」と、3人は、思っていたみたいだった。みおは、それがかなしくていやで、ねむくなった。ねそうになった時、ママがはげましてくれたから、また元気が出た。ねむけもとんでいった。ノートにうつす時、よっちゃんのようごたんにんの先生が、うたがわしそうに見ていたから、さいごは、えんぴつを指にはさんで、手首かいじょで書いた。ママは、手首かいじょで書いた日きと、みえちゃんかいじょの「よろこんでいる」という文を見せた。そしたら、びっくりして、あわてていた。

　よっちゃんがとちゅうから、かなしそうにないているのが気になったけど、どうしようもなかった。きっと、むずかしくて、

何もわからないのがかなしかったんだ。字も教えてもらってないんだから。みんなといっしょにべんきょうしたくても、できないことがつらかったんだ。よっちゃんの先生は、3人とも、そんなよっちゃんのようすにぜんぜん気がつかなかったようだった。

　きゅうしょくをランチルームでいっしょにとり、そのあと、たんぽぽルームでよっちゃんと、おとうばんの子であそぶことになっていた。みおが行くと、みんな、かってにいろんなどうぐであそんでいた。「どうしよう。よっちゃんといっしょにあそべるのん、これでさいごなのに。時間ないのに」と思って、みんなのようすをちょっとま、見てたけど、このままだと、これといって何もしないまま、おわりそうだったので、いっしょうけんめい、まず女の子だけあつめて、かごめかごめをした。

　男の子は、わなげばかりしていた。だんだん、かってな男の子たちにはらがたってきた。かごめかごめをしながら、みおのおこってるようすを見かねたママが、みおに聞いてくれたので、ママの手に、「男の子。かってなことをしないでよっちゃんといっしょにあそぶやくそくやったでしょ。あそばないなら、ここから出ていってよ。もう時間がないのよ。かってなことしてたら、先生に言いつけるよ」と書いた。ママがそれを言ってくれた。やっと男の子がしぶしぶいっしょにあそんだ。2回ほどで、おわりの会によばれた。ちょっとざんねんだった。

　おわりの会で、「せつない心」「ゆめ」「2年1くみの歌」をみんなが歌ってくれた。
「せつない心」でよっちゃんのおかあさんの目からなみだがポ

第2章 小学校時代

ロポロこぼれおちた。よっちゃんは、みんなが心をこめて歌ってくれるのがうれしかったようだった。「ゆめ」も、みんなすごくじょうずだった。「2年1くみの歌」になると、よっちゃんは、「かしどおりのたのしいくみやね」と思ってるみたいで、わらっていた。よっちゃんは、はく手してくれた。みんなに、その気もちがつうじた。とってもいいふんいきが生まれた。先生にはげまされ、みんなに見おくられて、よっちゃんは教室を出た。たぶん、いつも、みんなからわすれられていて、あんなにあったかくされたのは、はじめてだっただろう。
「みおの先生も、くみの子も、みんなやさしいでしょ。よっちゃんの先生もくみの子も、やさしくなってくれるといいのにね」と心の中で言った。
「みんな、ありがとう」きっと、あの日がよっちゃんにとって、一ばんの日になったと思うよ。

7月13日　火よう日　はれ

　よっちゃん、みおの学校へきて、みんなといっしょにして、元気になったみたい。土よう日のだっこほうで、おかあさんがよっちゃんの気もちにきがついて、あやまったら、にっこりわらって、「はい」ってへんじしたそう。

　きっと、みんなといっしょのたのしさがわかったんだ。きっと、みんなといっしょに、おべんきょうも何もかもしたくなったんだ。

　よっちゃん、みんなのおかげで、「くらやみのせかい」から、ぬけ出せるかもしれない。

いま、それが一ばん、うれしい。

8月10日　火よう日　くもり
　この前の日曜日に、よっちゃん一家がきた。いっぱい、よっちゃんのおばちゃんは、しゃべていた。
　よっちゃんは、ブランコにのって、うれしそうに声を出していた。笑ってばかりだった。みおは、ちょっとたいくつしていた。親は、おしゃべりばかり。
　よっちゃん、何かいいたそうだったので、おかあさんにだっこしてもらって、ママが足をもって、「だっこほう」をしていた。プレイルームでのくんれんがいやそうだったけど、よっちゃんのおかあさんは、あんまり、わかっていなかったように思えた。「いなん」って、ないて言ったのに。それで、ねてしまって、おきた時、「まだ、言いたいの。つらいこといっぱいあるの」というように、へんなかんじだった。
　7時ごろ、「もう帰るかな？」と思っていたころ、よっちゃんのおかあさんが、「よっちゃん、みおちゃんのおかあさんに、手もってもらって、1回、何か、書いてみるか」と、言ったので、ママが「じゃあ、しようか」と、言って、いつもみおにするみたいに、ひざの上によっちゃんをすわらせて、スケッチブックに、クレパスで、線を描かせた。よっちゃんは、ママのいうとおりに、たて線やよこ線を書き、丸や三角、四角も描いた。自分の名前も、おねえちゃんの名前も、おにいちゃんの名前も書いたし、けいさんもんだいも、答えを書いた。みんながびっくりしているのに、よっちゃんは、へいきなかおで、こんどは、

第2章　小学校時代

自分の言いたかったことを書いた。「ともだちがほしい。みおちゃんのようなともだちがほしい」「クラスでいたい」「わかってるのをわかってほしい」とかを書いた。「みおのひつだん、はじめてした時みたい。よっちゃん、すごいね、ヤッター」と思った。「いっぱい、いっぱい、いいたいことがあって、どれからいえばいいか、わからないよね」と思っていた。

　よっちゃん、いっぱい書いたあと、すごくうれしそうだった。にこにこして、はく手していた。よっちゃんのおとうさんも、おかあさんも、ないていた。

　これからは、いっぱい、いいたいこと書けば、わかってもらえるよ。本当によかったね。はやく、おかあさんとも、書けるといいね。

　こんなにいいことがあったのに、よっちゃんの状況はあまり良くならなかったようでした。お母さんと書けると良かったのですが、なかなかそれが難しく、学校とも、うまくいかなかったようでした。

　そういう私だって、わかってもらうのに、どれだけがんばったか。今でも、いつも疑惑の目で見られるのですから、どうしようもないのでしょう。本当に言葉が話せたら、何の問題もないものを、こんな病気を理解してほしいと思うのが悪いのか、それでもがんばるしかないところが私たちの置かれた状況なのでしょう。

夏休みの読書感想文─『ヘレン・ケラー』を読んで

　私は、書けることがうれしくて、本を読んでは感想文を書いていました。思うことを文に表すのは、創造の喜びでした。

『ヘレン・ケラー』を読んで
　ヘレンは、わたしよりひどいしょうがいをのりこえ、ものすごいど力で、人のやくにたてるような人になりました。この本を読んで、わたしもヘレンのようになりたいと思いました。
　ヘレンは、外からのはたらきかけが、ほとんどとどかないせかいに5年間いたのです。それにくらべると、わたしは、手足が自由にうごかせない、しゃべれないという、自分の思っていることをつたえられないせかいに5年間いたけれど、外のせかいは、何でも見聞きできたのだから、どんなにしあわせかと思います。
　ヘレンは、自分の思いをつたえられない時、大あばれをして、そのくやしさをあらわします。わたしには、その元気がなく、ただなくだけか、ねむるだけになるのです。「自分の思いをつたえたい」というねがいは、ヘレンもわたしもいっしょで、「どうすればいいか」とずっと思っていました。
　サリバン先生が、はじめてヘレンと会った時、「たましいのぬけた人形を見るような。そうだ。このかわいいお人形さんに、たましいをいれるのが、わたしのしごとなのだ」と思い、ヘレ

第2章　小学校時代

ンに字を教えていくところが、まるで自分のことのように思えました。

　字をおぼえ、ひつだんできるようになって、はじめて、自分はお人形でなく、人間になったのです。

　サリバン先生がヘレンに字を教えなかったら、その後のヘレンは、なかったでしょう。わたしも、学校で字を教えてもらってなかったら、いまのわたしは、なかったと思います。

　どんなにひどいと思われるしょうがいじにも、かのうせいは、あるのです。思っていることさえ、つたえられれば、そこから、いよくも出てくるし、いくらでもいい子になれるのです。

　わたしも、ヘレンのようにべんきょうして、大学に行くつもりです。そして、ヘレンのように、少しでも人の役にたてるようになりたいです。ここに書かれている言葉、「目の見える人が、本当にものを見ているだろうか。耳の聞こえる人が、本当にものを聞いているだろうか。本当に見たり、聞いたりするのは、心の働きがなければできないのだ。わたしは見えないし、聞こえないが、さわったり、かいだりして、ものを知ることができる。わたしは、心でものを考えるしゅうかんがついている。『心でものを知ることが、一番正しく知ることである』ということが本当だとすれば、体がふじゆうでも、りっぱな心さえもっていれば、少しも力をおとすことはない。体のふじゆうなものこそ、体のふじゆうな人々の本当のみかたになることができるのだ」を、わたしは、はげみとして、がんばるつもりです。

　この感想文は、市の読書感想文コンクールで佳作に選ばれた

ものですが、私にとって いつまでも、全ての障害児へのエールとして、一番大切な作品です。本質を見つめることの大切さをヘレン・ケラーから教えられ、自分という人間が人の役にたてればそれでいいという考えを、この頃から持てたことをうれしく思います。それにしても、字を教えられるという、当たり前のことが、私にとって、なんと大切なことだったのでしょうか、今もこわいほど思う時があります。また、字を覚えるのに、時期があるということもその後わかり、自分が本当に幸運だったとも、つくづく思えるのです。

　その他、『子牛のハナベエ日記』、『ひとりぼっちのぞう』、『峠をこえたふたりの夏』、『金色のクジラ』、『小さないのちの歌』などを読んで、感想文を書いたのでした。

2学期になって―おかしな兆し

夏休みも終わり、2学期になっても、日記には、自分の体の弱さが嫌でそのぐちばかり書いていました。あの頃の私は、「みんなといっしょ」のつもりで、違うということを考えようとしませんでした。でも、それだからやっていけたのでしょう。

9月4日　土よう日　雨のち晴れ
　きのうも今日も、ねつが出た。自分で自分がいやになってしまう。「どうしてこんなによわいの？　元気になったと思った

第2章　小学校時代

のに。みおのからだは、むりできないの？　みんなのようには、いかないの？　いっしょうけんめいしようと思っているのに」
　うんどうじょうをはしりまわりたい。べんきょうだって、どんなにがんばってもしんどくならないようになりたい。家に帰ってからも、外で友だちとくらくなるまであそんでいたい。
　一どでいいから、そうなってほしい。みんなが、ふつうにしていることが、みおのゆめだ。みおは、せいいっぱいしないと何もできない。そんな自分にはらがたつ。

9月8日　水よう日　雨
　みおの手、だいぶよくうごくようになってきた。今日、体いくの時、1くみだけ、手のグーパーを上、よこ、前でした。パパに「グーしてみ。つぎは、パー」と言われ、してみたらできた。「ずっとして」と言われてつづけたら、みんなほど、はやくはないけど、できた。先生もみんなも、よろこんでくれて、うれしかった。
　みお、ジャンケンはできたけど、こんなにできたのは、はじめてだった。自分で、こんなにできるようになっているとは、思っていなかった。ふしぎな手。よくなってうれしいけど、むりにいっぱいさせないでね。

9月26日　日よう日　晴れ
　今日はうんどう会だった。きのうの夜、ベッドでパパが、「みお、あしたは、1ばんめざせよ。2ばんやったらあかんぞ。何でも1ばんやないとあかんぞ。手ふれよ。しっかり走れよ。

行進の時も手ふれよ」と、大きな声でうるさく言っていた。ママは「のびのびしいや」だけで、何も言わなかったのに。

　だから、ねると、うんどう会で走っているゆめを見た。どうしても、足がうごかないで、パパにひっぱられて、ズルズルと50メートルを進んだゆめだ。ないたら、目がさめた。ママになぐさめてもらって、やっと安心してねむった。

　朝、目がさめても、いつもとかわらなかったし、学校についても、そんなにきんちょうしなかった。

　青空がすんでいて、はたがかぜでゆれていて、気もちのいい日だった。入場行進になっても、体はかたくならなかった。こてきたいの音楽に合わせて歩いた。ママがいるのも、パパがビデオをとっているのもわかった。「いっぱいのかぼちゃがいるな」と思っていたから、けっこうおもしろかった。たいそうもできたし、「のびのびもくひょう、このちょうしこのちょうし」と思っていた。せきにもどると、ママも来た。みおのようすににっこりしていた。

　走りの番が近くなると、ちょっときんちょうしてきた。パパもきんちょうしているみたいだった。いよいよ50メートル走。まっている間がいやだ。「のびのび、のびのび」と思うようにしていたけど、「ドキドキ、ドキドキ」の方が強くなってきた。

　自分の番。ふえの音といっしょに足を動かしたけど、いっしゅん、きのうのゆめを思い出した。と、パパの足とぶつかって、「転んだ」と思ったら、ひっぱりあげられて走った。わけがわからないうちにおわっていた。ほっとしたけど、くやしかった。「今年こそ、パパに引きずられないようにしよう」と思ってい

たのに、またダメだった。「これじゃ、ゆめとあんまりかわらないよ」と思ってしまった。

　ひといきつくひまもなく、花がさおんど。先生とおどるのが、うれしかった。先生は、ちょっときんちょうしていた。きれいな花がさのゆれるのが、すてきで、「パパ、ママ、見ていて。みお、かめさんもちゃんとしてるでしょ」と言いたかった。わになるところで、「もうすぐおわりだ」と思うと、うれしくなってわらえてきた。おわってから、「あんなにれんしゅうしてきたのに、おわってしまった」と考えていて、転んでしまった。せきにもどると、どっとつかれが出てしまった。トイレで、ふっとねむくなり、ねてしまった。
「あとは、大玉ころがしだけ」と思うと、きゅうにおなかがすいてきて、「はやくお昼になってほしい」ばかり思っていた。

　昼ごはんもたべて、いよいよさいごの大玉ころがし。みおは、これにかけていた。だって、みおが何とか自力でできるただ一つのものだし、先生との楽しい思い出を作っておきたかったから。「まっている間は、力をぬいて、できるだけ力をためておこう」と思っていた。そんなことを知らないママは、「みお、ねたらあかんよ。タコみたいにクニャクニャやんか。しっかりしてよ」とひっしで言っていた。「そんなことぐらい知ってるよ」と言いたかった。

　自分の番になった時、何も考えてなかった。手や足がかってに動いているように感じて、うれしかった。「いつもよりはやいな」と思ったけど、むちゅうだった。

　つぎの子にまわしてから、どっとうれしさがこみあげてきた。

「ヤッター。けん君と先生と力を合わせて、みおにとって、一番のできだ」と思った。人が見ているのも気にならなかった。手足も、思いどおり動いた。うれしくて、たいじょうのかけ足まで、うまくいった。パパもママも、「はやかったなあ、ほかの子といっこもかわれへんかったよ」とほめてくれて、よけいうれしくなった。自分でおそくなりたくなかった。だれからも、「みおちゃん、おそい」と言われたくなかった。今日は、みおにとって、さいこうのうんどう会だった。

10月4日　月よう日　晴れ

　やっと、学校に来れた。休み時間に、友だちと3人でたいいくかんの方へ歩いていて、頭にボールがあたってから、すごく長い時間がたったみたいに思える。一ばんいやだったのは、病院でのレントゲン。じっとしていないといけないし、光がこわかった。はきけがするのと、頭のいたいのとで、あまりたべられなかったので、ママはしんぱいばかりしていた。

　学校に行けない時、ずっとみんなはどうしてるかなあと思っていた。今、こうして、いっしょにべんきょうできて、うれしい。みおの10月は、きょうからはじまったのと同じ。秋さがしもできて、しあわせ。

　この頃、休み時間や体育の時間に、けいちゃんが、仲良しのさっちゃんを押しのけて、強引に私の手をとり、いっしょにデカパン競争をしたり、私にかまいにきていました。私は、自由に動けないから、逃げられないし、「いや」というのも相手を

第2章　小学校時代

きずつけることになるから言えないで、されるがままになっていました。私の体は、「怖い」と思ったり、「いやだ」と思うと急に硬くなって動けなくなるので、けいちゃんに無理やり引っぱられると、動けなくなって転びそうになってしまうのです。けいちゃんは、それを、容赦なく引っぱるので、私は舌を出して、親に合図を送って止めてもらおうとしました。

　また、けいちゃんは、さっちゃんの服の背中のところに砂を入れたり、私のところへ来ようとすると、さっちゃんをにらんだりして、日頃から、私とさっちゃんが仲良くするのをじゃましようとしていて、この頃が一番ひどい時期でした。

　両親が見かねて、先生に連絡ノートで知らせていたのですが、そのことが先生を爆発させてしまったようでした。

　きっかけは、視力検査でした。それまで、保健室で2回、母が下を向いて通訳、私の目をしゃもじでおさえるのは、養護担任の森野先生、保健の先生が指し示すという方法でしていたのを、教室に数字を書いた紙をはり、母は後ろ向きで下を向き通訳、担任の山田先生が手で私の目をおさえ、保健の先生の指す数字を答えるという方法にしてのことでした。私は自分が疑われているのがわかりました。体が硬くなり、立っていられなくなりました。

　先生は、よけい手に力を入れ、私のおできのできている鼻を押さえたのです。内側のできものなので、わからなかったのでしょうけど、せめていつもの視力検査の時のしゃもじで目をかくす方法をとってもらいたかったです。私が痛さで身をよじって答えなかったら、何度でもしつこく同じところを答えさせよ

うとしました。また、見えないから、「わからない」と母の手に書いても、しつこく、「これは？」「答えなさい」と言われました。私だけ、他の子の何倍も同じことをさせられました。以前はごく普通だったのに。前の保健の先生は、すぐ、「1.0ぐらい」って言ってくれたのに。

その後、私は鼻の中のできもののため、熱を出し、学校を休みました。

先生は、その日を境に、私の両親に冷たくなりました。また、私にも、それは現れたのです。

先生は、視力検査を利用して、私が本当に書けているかを試そうとしました。いつもと違うやり方で、私だけ長時間かけて、書くまで許さないというものでした。私は、それがわかると緊張で失行状態になり、何もわからなくなりました。自閉症の子なら、パニックで走り出すところです。レット症候群である私は、立っていられなくなり、グニャリとなって倒れてしまうのです。もちろん、何が何だかわからなくなり、何も見えなくなりました。

普通の視力検査なら、「見えません」が続けば、もっと大きな字になり、「では、視力は、これです」ということになるのですが、あの日は、とてもそういうものではなかったです。黒板に後ろ向きにしゃがんでいる母も、私の様子に心配そうにしていました。先生は、大きな力の強い手を私の目に思いっきり当てて、グニャリとする私を無理やり立たせようとしました。私は、怖くて泣き出しそうになりました。鼻のおできも痛かったのですが、先生の気迫がとても怖かったです。

第2章　小学校時代

　そして、その日の連絡帳には、先生は、今までのささいな事柄をごった混ぜにして、全部私の両親が相手ばかりを責め立てるというふうに書かれていました。
　私が初め、少ししか答えられなかったことから、短絡的に私が書けると言うのはうそだと結論付けて、自分への反省はないのかという主旨のことが書かれていました。
　運動会で、「私と隣の組の足の悪い子がゆっくりいっしょに走ればいい」と言った子まで「生きていくはだかの人間の心がそこに出ていました」という風に書かれていました。
　お互いに欠けた存在であるが故に自分の胸にも手を当てて、自分も反省する。相手にも反省してもらう。共に反省して共生していく、それが大切だという主旨のことが書かれていました。そして、けいちゃんのことなど、何も言うなということでした。
　私も両親も、あの頃はまだ、この病気のことがわかっていませんでした。私に発作がないため、主治医もいませんでした。私に、お医者さんが「緊張による失行がある」と言ってくれたのは、もっと後のことで、先生に対して説明することもできませんでした。
　これは一体どういうことでしょうか、先生が異常に怒っていることはわかります。でも、なぜこんな変なことを書くのでしょうか。両親は先生の書いていることに、ただ驚くばかりでした。そして悲しみをこらえて、心配かけたことを謝っていました。でも、私には、わかっていました。あの視力検査で、本当に私が書いているかどうかを確かめようとしていて、私が嫌がったのを見て、先生は親が書かせていたのだと考えて、それで

怒ったのを。今になって、私の考えどおりだったのが、両親ともわかったのですが、まだあの頃は先生のことを信頼しすぎていたので、見える物も見えていなかったようです。両親は、「私介助でこれを書きました」という先生のうそを信じきっていたので、疑うことをしなかったようです。

こんな心臓にナイフをつきたててズタズタにするようなことを書かれていても、ただ、謝るしかない両親に、私は自分の病気がなさけなかったです。私さえ、話すことができれば、ひとりで鉛筆を持って書けさえすれば、こんなひどい扱いを受けずにすんだのに、と思わずにはいられませんでした。

特に、母が攻撃されてばかりで、何かあるたびに先生の怒りを受けるということに、私は、何とも言えない気持ちになりました。でも、母に介助してもらうしか勉強も、友達との遊びも、トイレすら困るのだから、気持ちを切り替えて、毎日過ごすことでしか、私にはどうしようもありませんでした。

11月23日
『新ちゃんがないた！』をよんで

この本をよんだのは、ハーモニカがみんなみたいにふけなくて、「どうして、自分だけふけないの。何にもわるいことしてないのに、こんなひどい病気に、どうしてなってしまったの」と、かなしくて、ないてしまった日でした。

よんでいて、新ちゃんがしょうご兄さんから言われて、それから、なかなくなった、「ないて元気が出るなら、ゆう気がわくなら、うんとないたらいいよ」ということばに、うちのめさ

第2章　小学校時代

れてしまいました。「わたしは、なんてばかだったんだろう。どうしようもないことをかなしんで」と思い、はずかしくなってしまいました。
「じじつはじじつとしてみとめて、そこから出発しなくちゃね」ということばもそうです。
「どうして、こうなったか」となげいても、道はひらけません。また、「どうして、自分だけがこんなにふこうなんだろう」と思っても、どうにもなりません。
　しょうがいのあるものは、いつも、「じじつをじじつとしてみとめ、そこから出発する」という考えをしっかりもたないと、そのしょうがいにまけてしまって、心まで、みじめになってしまいます。体は、不自由でも、心だけは、不自由にはなってほしくありません。
　ふつう学校へ転校してきた新ちゃんのがんばりと、それをささえた親友のつよし君に、はく手をおくりたいです。また、すばらしいことばを新ちゃんにおくった、しょうご兄さんはわたしにまで、しょうがいにまけないで生きる力をくださいました。
　筋ジストロフィーという病気とたたかいながらも、「死ぬ前の日までは、成長して生きたいのさ。だから、一日、一日がとってももったいないのさ」と言える人だからこそ、人の心にこたえることばをなげかけてくれるのでしょう。
「わたしだって、成長したい。だから、がんばるぞ」と心にちかいました。

　この他、冬休み前から、『忘れるもんか』、『たんぽぽの家』、

『野菊─河原で会った少年のなぞ』などの読書感想文を書きました。それが、私の楽しみでした。
　こうして、冬休みを過ごし、魔の3学期へと、突入していくことになったのです。

魔の3学期

　先生の書かれた連絡帳に私と両親への言葉による攻撃が、少しずつ出てきました。たとえば、1月10日の連絡帳には、給食の時、先生が他の子に注意している時、私が、うどんの食器にカチッと歯音をさせたということで「犬食い」と書かれ、びっくりされたことが書かれていました。「とてもほしかったのに、どうして手が出なかったのだろう。みおちゃんの手の動きは去年のまま……この1年少しの給食の介助は、何にも役に立っていない……ちょっとがっくりなりながらも、これからこれからと思いなおして介助しました」というふうに。──また、これに追い打ちをかけるように、筆談についても、「私自身がみおちゃんの筆談介助をできえていない事実と、みおちゃんの手の動きが、誰が見ても客観的に動いていると認められないため、（手首、肘、介助なしでひとりで字を書ける。自分でワープロを打つ等から）人を説得しかねます」と、両親にとっては、「先生介助で書けた」と信じていたことを否定されることが書かれていて、大変なショックが我が家を襲ったのでした。また、これからは、ずっと手首介助（えんぴつはガムテープ3か所で

固定し）でするように、先生から言われて、その通りしようとしました。

しかし、冬の寒さで、微熱が出る身にとって、手首介助だけでは、日記を書くのも体力を使い果たして眠ってしまうというひどい状態で、母は私のことを心配ばかりしていました。

1月11日　火よう日　晴れ
　ひさしぶりの学校生かつに、すぐつかれが出てねむってしまい、ちょっと自分がなさけなくなっている。でも、自分では、せいいっぱい、体いくもぶら下がり23までしたし、さっちゃんとの石なげもして、手をうごかすれんしゅうをしている。これから日記もなるべく手くびかいじょで書くつもり。

　これに対して、先生は、「手くびかいじょのれんしゅう、がんばりぬこう。だれがみても、みおちゃん自身が書いているということがみとめられる形めざして、がんばろう」という主旨のことを書いていました。

　先生には、私の病気がどんなにたいへんかがわからなかったようです。中指と薬指の間に鉛筆をはさみ、それをガムテープで3か所固定する方法では、不安定で力は入らないし、私は中指と薬指を少し動かして字を書くのですが、母が鉛筆を持たせてくれて、私の手を包み込む方法のようにはいかず、思いきり指を動かしてでさえ、フラフラした字しか書けませんでした。それで日記を書くということは、疲れとだるさで、もう限界になっていて、全てを放り出したくなるくらいでした。

その上、ガムテープのはった所が痛くなってくるし、1字を書くのにどのくらいのエネルギーを使うのか、先生にはわかってもらえませんでした。
　1月13日の連絡帳には、今日、みくちゃんが軽く言った言葉にひっかけて、「みおちゃんは、書くときに自分の鉛筆の先を見ていない。ねながらでも書いている。計算のように難しい問題をパッとみただけで答えられるのか、日増しに強くなる私の疑問と全くいっしょです。九九の答えを書く時も、目をこらしてみてもどうしてもみおちゃんの指先は動いているようには見えないのです」という言葉がつきつけられていました。
　先生は、私の指がもっと動いたらいいのにな、といつも思っていたそうです。ガムテープで鉛筆を手にとりつけて、ほんとに少しの支えで　だれがみても、ひとりで文字を書いていることが、明らかに見えたら。そんな風に指導を組みたてていたら、私が、その方向に努力しただろうと思っていたそうです。私の手のしんどさはわからなく、どんなにつらくても、努力で克服していかないといけないという主旨が書かれていました。

　この後、父が先生に電話をかけて、長時間話したり、学校へ行って話したりしていました。私は、ストレスで、ずっと微熱が出て、夜中に手足に汗をかいて、お腹まで痛くなって学校に行けなくなっていました。母も、先生の言葉による暴力に、寝込んでいました。
　私はレット症候群という、手の使えない、しゃべれない難病であって、いくらほしくても手を使って食べることができない

第 2 章　小学校時代

病気です。難病とは、今の医学では治らないとされている病気のことをいうのです。

　先生は、3学期になって初めに、給食での、手を出すより口を食器にもっていって食べようとした私を「犬食い」と言って責め、連絡帳にも書いていました。

　私は、手のコントロールがきかないので、うどんをこぼすといけないから手を出さないで、口を近づけました。それが、そんなに悪いことなのでしょうか。「どうして手が出なかったのだろう」と書かれて言えることは、私は手が使えない病気なのだからと答えるしかないのです。以前、牛乳がほしくて、牛乳ビンに手を出したら、コントロールが悪くて、手ではらうようにして、ビンを倒してしまったことがあったから、手を出さないようにしていたのに。

　先生は自分が少し給食介助しただけで、私の手が自由に動き、ひとりで食べられるようになると思っていたのでしょうか。

　次に筆談も、ひとりで鉛筆を持って書けと言うのです。それができたら、レット症候群ではないということが、わからないのでしょうか。

　私が書く時、鉛筆の先を見ないのは、専門的には、「手と目の協応ができない」という現象で、手が動いている時、目はそこを見ないという脳原性のもので脳性まひでも自閉症でもそういう人はいっぱいいるという話を障害児に詳しい大阪発達総合療育センターの大川先生から聞いたところです。それに、そんなに疑うなら、どうして自分で関わろうとしないのでしょうか。当時、私や両親にそういうことを教えてくれる人はいませんで

した。

　みくちゃんの質問と先生が同じというけれど、みくちゃんは私と仲良しで、私の指文字を読める子だから、先生の疑いとは、ぜんぜん違ったものだと私は思っています。

　私は、書く時、鉛筆の先を見ません。頭の中に字を書いているように思っています。母に介助してもらっている時は、はみ出さないように手で支えてもらっているので、そうできるのです。文章を書き表すことに重点を置いているので、字がきれいかどうかをあまり問題にしていないことも、一つだと思います。「ねながら書いてる」というより、集中しないと書けないので、目をつぶって書こうとする時もあるし、書いていて、本当に疲れきって、鉛筆を動かすこともできなくて、眠ってしまうこともあります。でも、書きたい気持ちだけは、誰よりも強いと思います。「計算のように難しい問題をパッと見ただけで答えられるのか」という質問にも、私は計算が好きなので、パッと見ただけで、答えられるとしか、言えないのです。これは、自閉症の人も同じだと思います。大人になった今、言えることは、数学が好きで、数学Ⅰ、数学Ⅱを勉強してきて、やはり、計算は好きだし、難しい問題を解くのが楽しいということです。

　どうして、こんなことになったのかを今考えると、まず、レット症候群という珍しい病気に学校側が向き合おうとしなかったこと。その中でも、特異な存在である私のことを、理解しようとしなかったこと。私の親がうそをついて、書かせていると思い込んでいたこと。だから、ちゃんと親から話を聞こうとしなかったこと。先生が、自分介助で私が日記を書いたと親にう

第2章 小学校時代

そをついたこと。私のやっているコミュニケーションのとりかたは、ドイツや日本でもされていて、ファシリテイティド・コミュニケーションとして認知されているということを知らなかったこと。

　先生は、私の親指か人差し指が動くはずだと思い込んでいたこと。(これも、ちゃんと親に聞けば答えていたでしょうに)。大川先生によると、緊張の強い子は何もレットに限らず脳性まひでもそうですが、親指が掌の中に入ってしまうから、親指と人差し指でつまむということができないのです。だから、私の場合も、鉛筆を持つのに普通の人のような持ち方ではなく、中指と薬指の間にはさんで指先ではなく、指の真ん中ぐらいの所を動かす方が楽に動かせるのです。

　父との数回の電話や、校長先生を交えての数回の話し合いの時、先生は、何度も「できすぎる」と言っていたと聞くのですが、そこにあるのは、「障害児は、勉強ができるはずがない」という偏見でしかないように思えるのです。母が介助しているから、「少しでも、我が子を良く見せようとしている。お母さんの願望が書かせたんでしょう。私ならやりますよ」と、実際母は、言われたそうです。

　母に言わせると、「何で、そんなことせなあかんの？　そんな虚しいことできると思う？　うそついてまで、しんどいのに、ずっと学校でついてられると思う？　もしできるって言う人がいたら、1回同じことをしてもらうわ。それで、いつまで続くかやってもらうわ」ということなのですが、先生には、そんな話も通じなかったようです。

結局、先生は、「私ひとりで書くことが、値打ちがある。それでなければ認められない」という考えで、私の病気のことは、考えられないということでした。

　私は、3学期のほとんどの日を微熱を出して家にいました。その間、少しましな時は父に教えてもらって、ワープロの練習をしていました。次の日記は、初めてワープロで書いたものです。

1月15日
　私は、悲しい。信じてもらえないから。先生、無理な事ばかりみおにさせようとする。
　みお、このごろあまり楽しくないの。手を使うのは、しんどくてしかたがないの。言葉もでなくなるの。楽しくみんなとすごしたいの。

　また、手のことを聞かれたので、次のようにワープロで書きました。

　みおの手は、急に、動かしたくても動かせなくなったの。手は、すごくだるくて、力をいれても、はいらないの。手を使うと、すごくしんどくなるの。それが、かゆいときは、うまく手が動いてかけるの。こわいときはつかまったり、人の手をとってすきなたべものを自分の口へいれてもらったりは　できるの。ほんの少しの間なので、手がだるくても何とかするの。でも、

第2章 小学校時代

ずっと持ち続けることは、手がだるくてできないの。手がでるまで、給食をたべさせてもらえなかったことが、小学校2年の時あったけど、すごくつらかったの。だいたいの所まで手を持っていけても、うまくそこでとまらなくて、はらうようになってこぼしたり、いらないと思われて、たべられなくなったりしたの。うどんの時は、こぼしたらあついので、口を近づけたの。そしたら犬食いって連絡帳に書かれたでしょ。悲しかった。

きんちょうすると、手がぼうのようにつっぱったり、かってに動いてたたいたり、めちゃくちゃになるの。それを止めるため、手もみをするの。きんちょうがはげしいと手もみも力が入ってはげしくなるの。手もみを止めようとしないで、やさしく話しかけて、リラックスさせてほしい。いやなことをさせられても、きんちょうするし、しょっちゅうきんちょうしているから、ずっと手もみをしているように見えると思う。きんちょうすると、力のコントロールがきかなくなるみたい。

リラックスしていて、楽しいときには、口のまわりがやわらかくなって、しゃべれるの。きんちょうすると、その反対ではをかみしめるから、よだれもでるの。しゃべれなくなるの。しゃべれないと、わかってもらえないからつらくて寝たり、歯ぎしりしたり、手をかんだりするの。どんなにつらいか考えてほしい。わかっているのに、体が思いどおりに動かなくて、身ぶりも手ぶりもできないの。

また、学校のことを聞かれたので、次のようにワープロで書きました。

先生のえんぴつ介助は、はじめからできてなくて、ママやパパには「できました」といっていたけど、あれはうそよ。どうせみおちゃん、書けないし言えないからばれることないわ、と考えてたんでしょ。みおは、先生のこと、すきだったからかばって、何もいわなかったのよ。ママとパパは、先生とみおとの関係がいいから書けたと信じていたのに。先生は、みおが字を書けたということも疑っていたから、抱っこ法の先生の言うことも、うそだと疑っていたと思うよ。みおのえんぴつ介助のとき、先生がうたがっているの、はっきりわかったよ。みお、証明しないといけないと思っても、書けなかったの。いやでいやで泣きたかったよ。先生は、みおの手全体が動くか、人差し指と親指が動くと思っていたと思うよ。みおの手、先生の考えているほど力ないのに。やっぱり親が書かせている、とかってに思い込んでいたと思う。ママもパパも信じていたから、みおに聞かなかったでしょ。みおは、はっきり言うよ。11月4日も11月7日も、みおの書きたいことでなく、先生に勝手に手を動かされたのよ。2年生の家庭訪問の時も、みおのえんぴつ介助の練習、と言いながら、親の反応を養護担任の先生といっしょに見てたのよ。みおの手、動いていないのに、「動いてる、動いてる、わかる、わかる」って言ってたのよ。みお、あれも書かされていたのよ。でも、言えなかったよ。先生の信用もなくしそうだし、ママはショックで寝込みそうだし、みおの介助につけなくなりそうだし。

　みお、学校へ行きたかったの。先生が、たとえ疑っても、友

第2章　小学校時代

達と遊べればいい、と思ってたの。みおの友達は、わかってくれたよ。さっちゃんは、えんぴつ介助も指文字もできたよ。みえちゃんも、えんぴつ介助も指文字もできるよ。先生はあの子たちが書かせていると思っているだろうけど。みくちゃんは、指文字できるよ。まみちゃんも指文字できるよ。どうしてだと思う？　みんな、みおのこと疑わないからよ。

　先生ともはじめ、指文字少しできたよ。でも、2学期から、先生があんまり疑ってみおをためそうとするから、指文字すら書く気がおこらなかったの。算数プリントもママの来る前にさせたでしょ。みお、「する」なんて言ってなかったのに、先生は、みおちゃん「する」と言ったので、私介助でやりました、とうそ言ってママの反応を見てたのよ。ママは、先生とできるって信じきってるから、「ああそうですか」って喜んでいたけど、あれも、書かされていたのよ。そのほか、国語プリントで、ならってない漢字の書きとりテストがあったり、みおが休んだところのテストをさせて、みおが応用して書いたのを疑ったり、みおのすること何でも疑って、ママが書かせていると思いこんだのよ。視力検査もその延長よ。みおは、ためされるたびに悲しくなって、どこか具合が悪くなったの。もういやよ。先生のうそから出たことなのよ、もうがまんできない。

　給食の時だって、みおがものすごくおなかへっているのに、何か言うまでとか、手を出すまでとか考えて、食べさせてくれないんだから。みおの手は、持ち続けることができないの。手がだるくてしかたがないの。鉄棒やぶら下がりする筋力とはちがって、スプーンやフォークを持ち続けられないの。えんぴつ

もそうよ。そのことは、ずっと前からパパやママから聞いて知っているはずよ。みおにとって、そういういろんなことがつらくてだんだんストレスがたまり、お腹痛になったり、微熱（なかいた）が出たり、夜中に手の平や足のうらに汗をいっぱいかいたり、授業中つらいから寝たりしたの。

　みおがどんなにいっしょうけんめいがんばって書いても、先生は、ママが書かせていると思い込んでいた。自分が書かせたからって、ママまで同じことをすると思うなんて、ひどすぎるよ。トイレのことだって、書けないとしたら、どうしてママにわかるの？　みえちゃんやさっちゃんは、わかるのよ。どうしてだと思う？　先生には、それすらみおがしゃべらないとわからないのよね。だから、みお、先生にはできるだけしゃべろうとしたよ。でも、もうしゃべる気もなくなったの。学校も行く気がしなくなった。

　先生　もう一度、疑う前にいろんなことを思い出してよ。6の3との交流で、みおの歌みんなで歌ってくれた時、みおうれしくって、先生に「うれしい」って口で言って、だきついたこともあったよ。先生、今では、その歌すらママが作ったと思い込んでるけど、あの時のことを思い出したら、自分のまちがいに気付くはずよ。証人はいっぱいいるでしょ。先生だって、泣いていたよ。もう一度、いろんなことを思い出して、やさしい先生にもどってほしい。

　これを持って両親が学校へ行き、「担任以外の先生がもっと関わってほしい」という要望と当時F大学の村田先生の話を

第 2 章　小学校時代

聞き、もっと障害児観を変えてほしいとの要望を出して、校長、担任、養護担任の先生方にＦ大学へ行ってもらいました。
　でも、あまり変化はありませんでした。先生から、一言も謝ってもらってもいませんでした。

あなたへ

　この気持ち　どこへ　向ければ　いいのでしょう
　ずっと　試され続け　耐えてきたのに
　いつか　わかってもらえる
　そう思い　今日まで　きたのです

　一度疑うと　どうしようもなく　疑うものなのですね
　とりかえすことのない　もどかしさの中で
　信じて　としか　言えなかった

　五年間　ずっと　思いを伝えたかった
　それが　筆談で　やっと　実現したのです

　いっしょに　喜んでもらえる
　そう　信じていました
　うれしくて　今まで　胸にためてたこと
　みんな　書き表しました

いっぱい　いっぱい　書きたいこと　あふれでて
困ってしまうくらいでした
何もかも　忘れて　書きました

「できすぎる」
その言葉に　息をのみました
悲しみに　うちのめされました

信じては　くれなかった
今までも　そして　これからも
そう思うと　生きる気力も　なくなりました

今　どうしたらいいの？
としか　考えられなくなっているのです

あなたに　この気持ち　わかりますか？
筆談は　わたしの　いのちです

　私は、もう学校へ行きたくありませんでした。このままでは、ダメだと思っていました。それで、筆談を証明するため、お医者さんに行きたいと思い、両親に伝えました。F大学の村田先生から鈴木照子先生を紹介してもらって診断してもらいました。「どうして疑うのでしょうね。何にもならないのに」という言葉に、私は「この先生に主治医になってもらいたい」と思いま

した。そして、4月17日、先生の恩師の国立精神神経センターの名誉院長である有馬正高先生が講演で来られた時に、診察していただきました。鈴木先生のお友達のお医者さんも来られていて、3人のお医者さんの前で、ガムテープ3か所で鉛筆を固定しての手首介助の様子を見てもらいました。介助者を母から有馬先生に代わると、緊張で手がつっぱってしまいました。また、左手を、組んだ足の間に挟んでいたのも、後で指摘されました。

　有馬先生は、紳士的で優しく、私が緊張で書けなくなることを「緊張による失行」という言葉で説明してくれました。
「ジストニアや、ある種の病気では、緊張による失行があり、この子もそうでしょう。左手を足で挟んで止めているのは、この子が自分で工夫して、左手が邪魔しないようにしているのでしょう」と、言われました。また、「レット症候群に入るでしょうが、とても軽い方です。病気が発症するまでの、発達の速さ、良さが一つの鍵かもしれません」とも言われました。

　後に、校長先生に、鈴木先生が手紙を書いてくださったのですが、どこまで理解してもらえたかは、疑問です。

先入観

　最近読んだ『信じて待つ　子育てのコツ』（日本教文社）という本で著者の大塚美智子さんは、学校の教頭という立場から、自閉症児の真美ちゃん（仮名）との関わりを書いています。そ

こには、「真美ちゃん四年生の時、学校では『二〜三歳くらいの赤ちゃんのような認識で、何を話しても分からないし、小学生らしいことは何もできない子供』と思われていた。実際、朝会では、大声を出して走り回ったり、床に落ちてるものを拾って口に入れるし、ちょっと目を離すと、どこに行くか分からないと思われていた」と書かれています。そんな真美ちゃんが、一年生の時から毎日家でお母さんと一緒に日記を書いていたと聞いても、先生方は、お母さんの気持をお母さんが真美ちゃんの手を持って書かせているのだと思っていました。お母さんが「私は真美の手の甲をおさえているだけで、私の手の中で真美は自分の思いを自分の言葉で書いているのです」と何度話しても信じてもらえませんでした。学校では、文字どころか、線のなぞり書きもできなかったし、お母さんと一緒に文字を書く姿を学校で再現することもできませんでした。

　赴任したての大塚先生は、お母さんの話を作り話と思えないで日記を読み、「真美ちゃんの日記は、真美ちゃんの意思そのもので、真美ちゃんは文字を書くことができるし、自分の気持を文にすることができる力を持っている。何も分からないのではなく、周囲の人の言葉も理解できているに違いない」ということを　全ての先生方に分かってもらいたいと思い、お母さんに相談しました。そして、家での状況をVTRで撮ってもらい、真美ちゃんとお母さんのやりとりを見て、お母さんが真美ちゃんの音声言語を理解していることに気付き、真美ちゃんのことを分かっていくのでした。

　でも、先入観で固まった先生方には、このVTRは、さほど

の意味をなさなかったのです。
「今までの真美ちゃんの赤ちゃんのような姿しか見たことのない教師にとっては、心から信じることができず、お母さんの巧妙なやらせの様に感じてしまったのも仕方のないことでした。私たちの先入観は、恐ろしい力を持っています。「こうだ」と思ってしまうと、その色のめがねで見えたようにしか見えなくなり、素の目で見ることがとてもとても難しくなってしまいます」

　こうして、真美ちゃんは、先入観のない小川先生と学習でき、その能力を表現できたけれど、他の先生が一緒に文字を書かせようと思ってもなかなか書いてくれませんでした。「真美ちゃん、どうして先生のえり好みをするの？　誰とでも勉強しようと思わないと真美ちゃんが損するのよ」と大塚先生に聞かれ、「えり好みをしているわけではありません。真美は、どの先生ともお勉強したいと思っているのです。でも、真美のことをできると思って応援のエネルギーを注入してくれる人でないと、エネルギーがもらえないのでできないのです。だって、私は自信がないからできないのです」
「これは驚くべき事実だと思います。本人ががんばろうとする気持を応援できるのは、その子のできる力を信じてあげることのできる応援の気持＝エネルギーなのだということです。ピグマリオン効果は、教育の世界ではすでにあたりまえの概念になっていますが、真美ちゃんの言葉からすると、微妙に子供たちの教育効果を左右しているのは、私たち教師や親の信じる力だということになります。目に見え、聞こえる言葉はもちろんの

こと、信じる気持が学習のエネルギーになるとしたら、本当にもっともっと私たちは子供を信じる力を研かなければならないと思うのです」

　真美ちゃんは、この後、こういう先生方の指導を受け、私立中学を受験し合格し、新しい一歩を歩みだしましたが、なんと私の環境と違うことかと思ってしまいます。

　真美ちゃんも私も同じ方法（ファシリテイティド・コミュニケーション）により文章表現しているのですが、私と母は信じてもらえず、やらせと受けとめられ、試されてばかりでした。真美ちゃんに対して、大塚先生はまず、お母さんに相談していましたが、私の母は、まともに聞いてもらったこともありませんでした。真美ちゃんも私も同じで、「だれとでも書けてあたりまえ」と考えられても、そこに安心できる信頼感がなければ、書けなくなってしまうのです。私には、そのことをわかってもらえる先生はいませんでした。ここに引用した大塚先生の言葉を全ての教師に捧げたいです。

　私の２年の３学期は、ずっと微熱で終わってしまい、担任、養護担任の先生共に転勤になっただけでした。校長先生は、「特別扱いはしませんよ」という言葉通り、２階に洋式トイレを作ってくれたのですが、「ドアを普通のドアにしてほしい、でないと、いつ開けられるか不安で、トイレを使えなくなり、ずっとがまんしていると体に悪いので、ぜひお願いします」という要望を、「障害児用は、アコーディオンドアです。もし、普通のドアにするのなら、お金を払ってもらいます」と言われ、

親はお金を払いました。私だけが使うわけではないのに、学校のトイレのドア代をどうして払わないといけないのかとも思ったのですが、「私の体のためなら、いい」というのが、親の考えでした。このドア代は、後で、校長先生がこっそり返してきたので、不思議に思ったのですが、やはりおかしいお金だったと思います。

その後、学校に洋式トイレしか使えない子がたくさん入って来て、私の専用トイレは、小さい子達でいつも、長蛇の列ができていました。

鉄人28号

こうして3年生になった私の担任は、新任の鉄人28号のような男の先生でした。と言っても正義の味方という意味ではなく、人間的な優しさのない、想像力欠如の、子供を自分の思い通りに動かすという意味の先生でした。親の言うことも聞かず、主治医の恩師の有馬正高先生からの診断結果、「この子は、緊張により失行状態になっています。介助者によって、できたりできなかったりするので、できるだけリラックスできる環境をつくることが大切です」という言葉も聞かず、また、校長先生からも何の説明も受けなくて、自己流に、全てを自分が決めてその通りさせるというワンマン先生でした。

たとえば、先生が決めたグループの子と遊ばないといけなくて、自分の仲良しの子とは遊べませんでした。また、作文のた

めの題材ノートを書かないといけないため、朝8時までに登校しないといけなかったし、朝礼の時間までに書けなければ1時限目、それで書けなければ2時限目、3時限目の休み時間が、なくなっていったのです。私は、文を書くのが好きだし、日記や作文を書くのは好きでしたが、自由に書いていいのではなく、先生が二重丸をつけたことをあった順に事実だけを書くという作業が苦痛で、題材ノートに、その日見つけたことを3つ書くということもできなくなっていきました。私はいつも、どう思ったということを書いていましたが、先生はそれを望まなかったのです。それで、休み時間は、遊びに行くこともできず、トイレですら、大急ぎで行くしかなかったのです。また、晴れの日は「運動場で遊べ」と言う先生の一声で、私はみんなと遊べなくなってしまいました。2階から靴をはきかえて、運動場に下りていくだけでチャイムがなったり、みんなの所に行くだけでチャイムがなったからです。たまに、雨が降ると、「みんなで教室で遊べる」と思って喜んでも、先生の「あやとりで遊べ。先生の奥さんが毛糸を用意してくれたんやぞ」と言う声で私はがっくりきたのです。手の使えない子にとっては、あやとりは一番難しくてどうしてもできない遊びで、見てるだけという状態にならざるをえませんでした。以前のように、好きな友達と好きなことをして遊びたかったのですが、そんな自由はありませんでした。みんな、先生が怖くてピリピリしていました。「前の学校は良かったけど、この学校は一体どうなってるんや」が初めの頃の先生の口ぐせでした。

　でも、この先生は、私だけにひどいというより、みんなにも

第2章 小学校時代

ひどかったのです。

　たとえば、7月4日、理科の時間に、りなちゃんが、よそ見をしておしゃべりをしていただけで、先生が、「お前は先生の言うこと聞いてなかったな。お前みたいなもん、この組にいらん。1組へでも行ってこい。1組の先生にはあとで言っといてやるから。はよ出て行け」とどなり、りなちゃんを教室から追い出したのです。「この組にいる。行きたくない」と泣きながら柱にしがみついたりなちゃんの手をふりほどいて、「お前の机と椅子じゃ。これ持って行け」と言って、廊下に放り出したうえ、ランドセルに勉強道具を入れて、それを教室のゴミ箱に捨て、りなちゃんが教室に入れないよう、窓とドアを閉めてしまいました。教室の中は、みんなシーンとして、りなちゃんの泣き声だけが廊下から聞こえていました。誰も何も言えないし、隣の組の先生も何も言いにきませんでした。私は、怖くて固まっていましたし、りなちゃんがかわいそうでなりませんでした。「何もそこまでしなくても……」と思って、涙が出てきました。その後2日間、微熱が出て、学校を休んでしまいました。

　また、10月7日国語の時間、私のグループが教室から廊下へ追い出されました。先生が「生きてるカマキリが何センチあるか測れ」と言ったので、男子がカマキリを私に近づけたのです。私が「うー」と言い、母が小声で「怖がってるやんか。あんまり近づけんといて」と言ったのを聞きとがめ、「4班、うるさい。しゃべるなと言ってるやろ。外へ出て行け。はよ出て行け」とどなられて、みんなで廊下へ出て行きました。どうなるのかと思っていたら、授業の終わりまで20分位、立っているだ

けですんで、みんな、ほっとしていました。生きた虫の観察だったから、ざわざわしていたのに、でもまだましだったかなぁと思っていました。

　10月17日は野田君が教室から追い出されて、運動場を何周も走らされました。先生は、「しゃべるなと言ってるやろ。運動場へ行って走ってこい」と、話しかけた中村君は叱らずに、野田君だけを追い出したのです。また、翌18日、野田君が「図工の絵の具を忘れました」と言いに行った時、「お前みたいなやる気のないもん、出て行け。今日、図工あるのんわかってるやろ。なんで絵の具忘れたんや。何しに学校に来てんねん。はよ、出て行け。いつまでそこにすわってる気や。はよ出て行け」とどなって、うつむいて泣いている野田君の胸ぐらをつかんで、引きずり出して、机と椅子は廊下に放り出し、ランドセルは、ゴミ箱の中に捨てられました。近くで見ていた私の仲良しの友達は、「野田君、首のところが赤くなっていて、Tシャツがのびきっていたよ」と言うし、「先生、何で野田君ばっかり怒るんやろ」と言う子もいました。私には、先生が野田君をいじめているとしか思えてなりませんでした。

　もっとひどいことは10月21日に起こりました。その日は、写生大会が雨で中止になり、忘れ物をする子が8人出たため、1時限目は、その子達を怒ることで終わり、2時限目に体育の帽子を忘れた子が2人いたため、「お前ら、一体やる気あるんか。忘れ物ばっかりして。お前らといっしょに勉強なんかでけへん。もう教えたれへん。勝手にせえ」と、すごく怒り、先生は、教室を出て行ってしまいました。みんな、どうしようかと、とま

第 2 章　小学校時代

どっていたのですが、私が計算ドリルをやりだすと、同じようにやりだして、静かに勉強していました。2時限目の終わりのチャイムがなっても、誰も席を立てなくて、3時限目の始まるチャイムがなっても、先生は来なくて、不安はつのるものの、静かにしているよりなかったので、続きのドリルをしていました。突然先生が怖い顔して入ってきて、また出て行ったのですが、誰も何も言えませんでした。3時限目の終わりのチャイムがなっても、誰も動けずにいたのですが、母が、「トイレに行こうか」と聞いてくれ、トイレに行くと、後から同じように、トイレに走ってきた子がいっぱいでした。みんな、怖くてトイレにも行けなかったのです。母は、トイレに休み時間に行ったことで、何か言われたら、言い返す気で、私をトイレに連れて行ってくれたのでした。4時限目になっても、先生は教室に来ませんでした。先生が来たのは、12時でした。みんな、ピリピリしていました。

　翌日、PTAのドッジボール大会の時、役員でカレーライスを作っていると、けん君のお母さんが、「きのう、先生いなかったんですよね。うちの子は、『怖くてトイレにも行けなかった。みおちゃんのトイレについていって、やっと用をたせた』って言っていました。最近、父親にすごく突っかかるんです。学校で何かあるのでしょうか。今まで学校のことはほとんど言わなかったけど、きのうのことだけは言いました。もう、学校に行ったかと思っていると、玄関のところで、忘れ物がないかとランドセルの中ばかり調べて、学校へなかなか行かないんです」と、母に聞きにきたらしく、やっぱり、みんな同じ気持ち

なのだと思いました。私は微熱が続いて欠席で、写生大会にも行けませんでした。

　私自身については、5月2日、「みおちゃんを良く見せようとしているのではありませんか。子供たちにからかわれたりして、みおちゃんを良く見せる必要があったんですか」と川野先生が両親に言いに来ました。「そんなことは全くありません。この2年間友達との関係はとても良かったです」と言うと、「じゃあ、今後休み時間は、お母さんは退いてください。私がみおちゃんと関わりたいので。2学期からは、授業もお母さんは出ないで介助員さんに任せてください」と言いました。母は、「じゃあ、コミュニケーションはどうするんですか。おしっこはどうするんですか。介助員さんは、まだ指文字できませんよ。みおが答えたくてもできないじゃないですか。絵だって、介助してあげれば描けるのに、それでは描けないじゃないですか」と言うと、「おしっこは、腰をたたくなり、立ち上がるなどして合図すればいい。絵を白紙で出すのがありのままのみおちゃんや。だからそれでいいじゃないですか」と答えました。「この子は介助してやれば書けるのに、それはひどすぎる」と言うと、「お母さんがついている限り、みおちゃんが書いていることにならない。とにかく、任せてほしい」と言いました。親は、「それは、前の担任と同じ考えです。前の担任も、みおがひとりで書けるかを試してきました。2年の3学期には、体調の悪いこの子に、『ずっと手首介助で毎日、日記を書いて、ひとりで書いていることを証明するように』と言ってきました。また、『お母さんの願望が書かせているんでしょ。私なら、自分の子

第2章 小学校時代

を良く見せるためにそれぐらいのことはしますよ』と言いましたよ」と言うと、先生は、「手首介助が値打ちがあるんですよ」と言い、父は、「前の担任も同じ言葉を言いましたよ。手首介助は、今のみおにとって、どれだけ大変なことかわからないのですか。障害児に対する介助の仕方は、障害に応じてすべきで、目の悪い人には、眼鏡、足の悪い人には車椅子、この子には今のところ母親の介助が必要なんです」と言いました。すると先生は「人と物とは違う」と答えたのでした。

この後、主治医の鈴木照子先生から、小児神経専門の有馬先生の診断結果と注意を書いた校長先生宛ての手紙が届いたのでそれを届け、担任の先生との意見の食い違いについて、父が伝えたのですが、校長先生は担任の先生に病気のことを何も話していなくて、担任の先生が指導に困って聞きに来たら、教えるつもりだったということを言いました。

先生の態度は、お医者さんの診断書を見せても何も変わらず、私は無視され続けました。先生が私に関わったことはなく、新米の介助員さんは遊びの介助すらできませんでした。

そんな時、また、同じような試しが今度は聴力検査という形で行われました。2年の時と同じ保健の先生で、担任の先生、校長先生まで、そろって、私に検査するのを見学していました。母は、通訳でした。他の子は1回か2回ですぐ帰されて、私だけ「これは、聴こえますか？」「ではこれは？」と何度も何度も答えさせられました。高い音がキーンと耳に聴こえると、耳が痛くなって残響音もずっとあったため、わけがわからなくな

り、泣きべそをかいてしまいました。私は、何もできなくなり、耳が痛いとだけ思っていました。それでも、保健の先生は、まだ続けようとしていました。頭まで痛くなって、耳がふさがったようになり、やっと解放されました。

その頃、主治医になっていただいた鈴木照子先生に母が電話をかけ、「こんなことが今日ありました」と報告すると、「嫌がることを無理にしてはいけません。聴こえているかいないかなんて、簡単に検査できるのだから、学校でしてもらう必要はないと、私が手紙を書きましょう。視力検査も聴力検査もこれからはすることないです」と言われました。

今、小さなレットちゃん達と指文字で話していて、レットは、音に敏感で少しのことで耳が痛いと感じて、泣くことがわかっています。どうぞレットちゃんに私のような聴力検査はしないでください。耳が良すぎて、キーンという高い音が特に響くので、配慮をお願いします。また、みんな音楽は好きですが、縦笛をピーピー強く吹く音は耳が痛くなり我慢できなくなります。上手に吹く笛の音ならいいのですが、それにも配慮お願いします。人によっては、子供のキャーキャー叫ぶ声も耳が痛くて泣くレットちゃんもいます。どうぞ、レットは耳が敏感だと、思い出して少し静かにしてあげてください。

また、6月には、風邪ひきで3日休んでまだ少し熱があったので、体育の見学を介助員さんに任せて母が帰宅したところ激しい雨が降ってきました。体育は中止だろうと思いながらも、あわてて学校にかけつけた母は、運動場で雨にぬれながら介助

第 2 章　小学校時代

員さんに手をとられ、他の見学の子といっしょにいる私を見つけたのです。玄関で偶然会った校長先生に風邪ひきで見学していることを言うと、「はよ屋根のある所に入れたって」と言われて走ってきたそうです。私は、赤白帽もかぶっていなかったので、髪がぐっしょりぬれていました。他の子はその後も15分ぐらい体育をそのまま続けていました。私は、その後風邪をぶり返して、熱と咳で4日間休みました。

　秋の遠足では、砂浜公園への行きで吐きそうになり、到着前に熱のためフラフラ歩きになり、昼食までの間も、その後も、私は気分が悪くて眠ってしまいました。心配した母が先生に報告しても、「うん」と言うだけで、他の子と遊んでいて、何の指示もなく、帰りもフラフラ歩きで母と介助員さんに引っぱってもらったのですが、先生は無視でした（37度6分の熱でした）。

　10月の写生会も熱のため欠席しました。28日にやっと登校しても、1日中写生会の絵を描くだけで、欠席した私には何の指示もなく、母が聞きにいくと、「写真を見て描くか、それができなければ自習やな」と言われ、自習。翌日も自習。この日から微熱が出ました。

　11月10日、理科の時間、「花壇の土は、粒の大きいのや小さいのが混ざってるけど、もしこれが小さい粒ばっかりやったら、どうなるか」と言う先生の質問で、クラス中が2度当てられたのですが、私だけがはずされていました。私のすぐ後ろの友達が、「先生、何でみおちゃん当てへんの」と大きな声で言って、やっと私は当てられたのです。「水につかると、根がくさる」と答えたのに対し、先生には、黒板に木の絵を描いて、「水が

たまったら息がつまる」と根の部分に大きな字で2回書き、「息がつまるや」と大きな声で言いました。「変なこと言うな」と思い、どうして先生が怒っているのかわからなくて、怖くなりました。授業中いくら手を挙げても当ててもらえないことは、それまでもよくありました。「安井、手が耳の横にぴったりついて、指先までまっすぐ伸びて気持ちええから、当てたるわ」と言って当てるのが常で、手が不自由で母に手を挙げさせてもらっても、まっすぐ手を伸ばすことのできない私は、それを聞くと、手をおろして下を向くしかなかったのです。

　また、毎日のストレスで自律神経がおかしくなって便秘と微熱を繰り返していた私は、6月1日の日記に、「夜中にお腹が痛くなって浣腸してもらったこと」を書くとすぐ、それは、忘れ物をした罰に、先生に取り入れられ、「浣腸ドリルだ」と言って、忘れ物をした子にお尻を突き出させて、先生が両手を合わせて回転させて、その子のお尻に入れるまねをするのでした。

　最初に恐怖、いじめ、そして無視で、とうとう、私の心と体は、ズタズタボロボロになり、もうこれ以上学校に行けないという状態になってしまいました。微熱が続き、主治医に血液検査までしてもらって、「心因性の微熱」と診断されました（12月13日）。

3年生の宝物―友達

　友達は1、2年からのさっちゃんやえみちゃん、みくちゃん

に加え、あみちゃん、ふみちゃん、男の子では吉田君、浜田君という強力なメンバーがそろって、私を支えてくれました。

日記より
5月20日 （金）
　うえ木ばちを吉田君とみえちゃんにこうたいで持ってもらって、うれしかった。
　4時間目、理科の時間に先生が、「これから、学級園へ行くから、うえ木ばちを持って」と言いました。ママにくつをはきかえさせてもらっていると、吉田君が、「みおちゃん、ぼくもっちゃら」と言って、みおのうえ木ばちと、自分のうえ木ばちを持ちました。2つも持つとおもいので、吉田君は、よろめいたりうえ木ばちをおとしそうになりました。「だいじょうぶかなぁ。介助員さんがいてくれたらなぁ」と思っていると、みえちゃんが、みおのうえ木ばちと、自分のうえ木ばちをじょうずにかかえてくれました。そのままかいだんも下りて、運動場に出て、学級園の近くまで来ると、また、吉田君が、私のうえ木ばちを持ってくれていました。「自分のだけでもたいへんなのに、みおの分まで持ってくれるなんて、やさしいな」と思ってうれしくなりました。

6月9日 （木）
　雨の日のかいだんでツルッとすべった。
　今朝、学校へ来て、教室へのかいだんをのぼって3だんぐらいの所で、ツルッとすべって、ころんでしまった。ママもわた

しの足にひっかかってころびそうになった。「ああこわ。すべったなぁ」とママが言い、わたしも、「こわかった。もうちょっとで、二人ともこけるとこやった」と思った。二人でこわごわ　かいだんを上って行くと、上から「おはよう」と言う吉田君の声がして、わたしの右手を持ってくれた。いっしょに上まで行ってくれたから、今度は、ツルツルすべるかいだんもこわくなくなって、トントントンと上れた。「いつも、こまっていると　すぐ来てくれる友だちができて、うれしいな」と思った。

7月14日　(木)
9さいのたん生日

　12日は、みおの9さいのたん生日だった。学校を早たいして、ねていたけど、パパは、おつくりを朝から買ってきてくれていて、ケーキを夕方買いに行ってくれた。ママはおすしをつくってくれた。まいちゃんは、かわいいかみどめを買ってきてくれた。

　夜、みんなから「おめでとう」と言ってもらった。ママは、「みお、9さいのたん生日むかえられたね。おめでとう」と、言った。パパも、「早いもんやなぁ、もう9年になるんやな」と言った。しんどくて、毎日のようにこのごろ　ねつが出るけど、「がんばろう」と思った。

　きのうは、夕方、みえちゃんとあみちゃんが、クッキーを作って、すごいいきおいで持ってきてくれた。2人とも、フウフウ言って、あせをかいていた。かわいいふくろにクッキーを入れていて、ママが開けるのをわくわくしながら見ていた。中か

ら白い紙につつまれたいろんな形のクッキーが出てきた。チョコレートののっているのや、ほしぶどうののっているのもあった。「かわいいな。ありがとう」と思った。両方のクッキーを口に入れた。サクッという音といっしょにバターのかおりが口の中に広がった。「おいしい。ありがとう」と、ママの手に書いた。食べているうちにうれしさがこみあげてきて「ウフフフ」とわらってしまった。ママが「何わらっているの。急にわらうと気持ち悪いよ」と言った。「うれしいからわらったの」と、ママの手に書くと、みえちゃんと、あみちゃんもわらった。2人は、みおの食べるのを見ているだけで、みおは、いっぱい食べた。

　みえちゃんのは、ちょっとこげていて、ちょっとにがかった。あみちゃんのは、うすくて、きれいだった。みおにとっては、どっちのクッキーも、たからもののようだ。食べるのがおしいけど、どんどん食べたくなるクッキー。みおのたんじょう日のおいわいにいっしょうけんめいやいて、あったかいうちに持ってきてくれたクッキー。「9さいのたんじょう日も、すてきなたんじょう日だな」と思った。

9月26日 （月）

　きのうは、運動会だった。きんちょうして、トイレに4回も行ったし、足がつっぱって動きにくくなるし、すぐしんどくなって、ねむくてしかたなかった。なんとかダンスをした。「台風の目」というゲームは4人で長いぼうを横に持って走り、ポールを回り、帰ってくるというルールだ。私たちが1番だが、

みんなのはやさについていけなくなって「あっあ、こける」と思った時、こけてあおむけになってしまった。自分でおき上がれない。すぐ、浜田君がかかえておこしてくれた。また走り出した。「だいぶおくれたかな」とちらっと思ったけど、さいごまで、ついて走るのにひっしだった。やっとぼうをわたした。あとの子みんなが、練習の時よりはやく走ってくれた。私がこけておそくなった分が、だんだんちぢまっていった。すごい歓声が聞こえてきた。さいごの4人がとなりの白と競争になった。みんなすごくしんけんな顔で走っていた。私のグループが、ほんの少しはやく帰ってきた。ぼうが、頭の上をとんで前にいった。ほとんど同時にゴールした。すごい歓声があがった。結果発表があり、白と赤が同時に3位だった。みんなのがんばりがむねにジーンときた。

　80メートル走でこけずに走った。入場行進できんちょうした。そのまま、すぐに80メートル走になった。みえちゃんが来てくれて、ちょっとほっとしたけど、ピストルの音で、きんちょうした。前の子が走って、みおの番だ。スタートの位置がみんなちがっていた。1番内がわだから、1番うしろで、「遠いなぁ」と思っていた。みえちゃんは平気なようすでうらやましかった。「ドン」の音でスタート。足が動きにくく、イライラした。みんなはとぶようにいなくなった。ゴールまでまだまだ。その時、マイクで、「みおちゃん、がんばれ」と言っているのが聞こえた。はずかしかった。でも、みえちゃんは、おちついてひっぱってくれる。みおのゆっくりのペースに合わせてくれているのがわかった。やっとゴールできた。「長い長い80メートルだっ

たなぁ。でも、こけずに走れた」と思った。席に帰ると、ママが、「みえちゃんと走る方が、じょうずやったなあ。パパとやったら、こけそうで、去年は『ヒャーヒャー』と、父兄席からすごい声出したもんな」とわらって言った。

このように、いろんな子が、私と自然に仲良くなり、一番いいクラスだったと思います。

もっと自由を

休み時間　グループ遊びなんかやめて
仲良しの友達と　遊びたかった
何をして遊ぶかを　自分達で決めて　遊びたかった
遠足のお弁当を　仲良しの子と　食べたかった
みんなで輪になり　先生が中心に座って
お行儀良く　食べるなんて
ワクワク感のない　変な遠足だとしか　思えなかった
PTAの行事でさえも　父兄まで　同じに並んで
先生はいつも　中心に
これって　変じゃないですか
もっと自由を　もっと任せて
もっと自由を　そう思いませんか

今日は雨

　今日は雨
　何をして遊ぼうか　考える
　仲良しの友達の顔を思い浮かべ
　王様ジャンケンがいいと思う
　そこへ先生の一言
　「雨やから　あやとりしろ　毛糸持ってきてやった」
　くしゅんと　気持ちがしぼんでしまった
　手の使えない子がいるなんて
　先生の　頭には　ないんだな

　うれしそうに　毛糸をくばる先生
　悲しくなって　うつむく私

　自由に遊べたら
　自由に選べたら
　それだけなのに

養護学校への転校

　私は、手が使えない病気なのに、普通学校では他の子と同じようにしないと認めてもらえないから、一生懸命すればするほどストレスになって微熱が出るので、3学期から肢体不自由児

第2章 小学校時代

の養護学校に、転校することになりました。

お友達は、みんな優しくていい子で、私のことをいっしょの仲間と思ってくれたし、私の思っていることを　わかろうとしてくれました。みんなとの別れは　とってもつらいけど、私には、ママ以外家族以外の人とコミュニケーションをしていかないといけないから、その練習のできる学校へ行かないといけないので、仕方がないと思いました。

転校してすぐ思ったことは、静かでのんびりできる、先生の怒鳴り声にビクビクしなくていい別世界だな、ということでした。

自分のクラスは、4人で、隣のクラスは6人でそこには、私と同学年のミキちゃんという同じ病気の子がいました。ブラジルから来た子で、サッカーが好きで、よくいっしょにサッカーをして遊んだという思い出があります。

たいてい、2つのクラスは合同で、ホールで大きなサイコロを投げて、人間がマス目を進むゲーム、すごろくをしたり（それが算数らしい）、お買い物ごっこをしていました（それが国語でした）。10人でのすごろくは、なかなか自分の番にならないし、3つほど進むと、「ふり出しに戻れ」になるので、みんなイヤイヤしていました。私は、2年生の時、クラスの友達4人ですごろくをして遊んだのですが、その時の方がすぐ順番が来るので、楽しかったです。退屈でちゃんとしているのも　しんどくなりました。ミキちゃんは、ふり出しに戻ると、発作をおこしそうになっていました。

初め感じたのんびりが、退屈でイライラに変わるのに　そん

なに時間がかかりませんでした。朝の会が始まるかと思う頃、「トイレ」と言う女の子の一声で、担任の先生とその子は、のんびり10分か15分トイレに消えて、その間ただ待つだけになる毎日。「今日は何月何日何曜日ですか」の質問にポツポツ答える声。「お天気は？」の質問に黙って外を見て、何も言わないみんな。「きのうは？」の質問にぽおっとしている子達。どうしてこんなことに時間をとるの。何もしないの、と思う私の方がおかしいようでした。

　その後、歌をわざとゆっくり歌って、それに合わせて体を動かす。「ゆらーゆらーゆらゆらゆらゆらゆらー」というふうに。そしたら1時限目の終わりのチャイムが鳴りました。そして、また、すごろく。これなら家でゆっくりしている方がましだと思いました。その中で訓練の時間だけが、すごく楽しくて、生き返った気がしました。先生が動作法をしてくれて、すごく体が楽になったし、その先生だけが、私のことをよくわかってくれて、うれしかったです。「先生のこと好き？」と聞かれて、「はい」って口で言えました。それが、動作法の中野先生との出会いでした。でも、そんな時間はすぐ終わって、また退屈で死にそうな時間がゆっくりゆっくり進んでいくことになりました。

　1週間をそうして過ごし、「お母さんは、もう来ないでください。あとは私達でやりますから」と先生に言われたのは、先生がインフルエンザで休まれていて、やっと来られた時だったので、母はまだ担任の先生に、転校した理由も、先生とコミュニケーションをとる練習をしてほしいという目的も聞いてもら

第2章 小学校時代

っていなく、ちゃんと親の意見を聞いてほしいと、びっくりして言ったのでした。また、鈴木照子先生から注意してほしいことを書いていただいた手紙も渡したのですが、お返事もいただいていませんでした。

　私は、そういうやりとりを聞いて、がまんの限界に達していました。何のために友達と別れてこの学校に来たのか。何の勉強もしない、退屈で死にそうな「授業」をがまんしているのに、それがずっと続くのか。私とコミュニケーションの練習をしてくれる気はないのか。トイレだって、みんなと同じ時間に行きたくもないし、寒いのに無理やり連れていかれないといけないのか。ちょっと、聞いてくれたら、指文字で答えられるのに——と思うと、学校に行く気が消え失せてしまったのです。「もう、ダメ」と思うと、微熱が出てきて、どうしようもなくなってしまいました。

　そして、1月17日、阪神大震災が起こり、休校の通知がきました。すごく怖くて、家でいられることがうれしかったです。それ以降のことは、あまり覚えていません。親が先生方に理解してもらえるように、一生懸命お願いして、話を聞いてもらっていたようでした。私は、いつも熱っぽかった。

「みおだけどうしていじめられないといけなかったのだろう。ママが介助してくれるのそんなに悪いことなのかな。病気なのに、ふつうの学校に行くのが悪いの？　みんなより、勉強が好きなことが悪いの？　しゃべれないことが悪いの？　手を使えないから悪いの？　みんなといっしょにいたかったのに。みん

なといっしょにいるだけでよかったのに。でも、いつも、先生にいじめられた。いつも、ためされてばかりで、くたくたになった。どうして、みお、こんなにいじめられないといけないの？　何もうそついてないのに」と思っていました。

　その後、微熱続きで、どうしようもなくなりました。父は退学させてくれるよう、学校側と交渉に行きました。何度かの話し合いの結果、元の小学校に戻ることになりました。友達は、6年生の洋子ちゃんだけ。好きな先生は動作法の中野先生だけでした。

　何もしないのんびり退屈は、いっぱいすることであふれている活気ある生活と比べるとどろんとした水につかっているようなもので、その中に沈んでいくと、もう浮かび上がる元気もなくなってしまいそうになってくるのです。病気であっても、考えることだけはできるのだから、もう一度みんなといっしょにやれるだけやるつもりです。

　そうした中、ちょうどひな祭りの人形を飾っていた時、インフルエンザで休校になったからと、吉田君と野田君が遊びに来てくれました。吉田君は、いつも私をかばってくれていた子で、うれしかったけど、「今度、K市に引っ越して、転校することになった」と言いに来てくれたのでした。「時々、遊びに来るからな」と言ってくれたけど、さびしくなるなぁと、思わずにはいられませんでした。

　4年生になって、どうなるのか、何もわからないまま、また、みんなと会えるのを楽しみに思いながら、体力の回復を待つ3学期を過ごしたのでした。

第2章　小学校時代

「幸福とは、仲間がいて　居場所があること」
　山田洋次監督の「学校」という映画を観て「幸福とは何か？」と問われたのですが、私はすぐにこの言葉を思いつきました。
　3月末、元の学校の校長先生からの電話を受け、4月から元の学校の4年生になることになりました。

元の学校へ（4年生）

　元の学校へ戻れたけれど、3年生の時の友達のいるクラスへは戻れず、隣のクラスに入れられた私は、仲良しの友達といっしょに遊べなくなって、ちょっとがっかりという気分でした。あの時怖かった先生は、担任をはずされ、優しそうな新任の先生が元のクラスの先生になったので、「この先生でいいのに」と思いながら、姉も習った女の先生のクラスに入れられました。ものすごいお化粧のきつい、香水のにおいプンプンの介助員さんもついたので、ちょっとびっくりでしたけれど……

4年生になって（作文より）
　ようご学校から転校してきて、今、楽しくて毎日が夢のようです。新しいクラスに入ったという不安よりは、「こんなに楽しい遊びがあるのか」とか、「にぎやかにみんなで遊ぶのは、こんなにすばらしいことか」と思ってしまいます。
　勉強も、絵本でなくいろんな話を本で読めるし、新しい漢字

も習えて、毎日新しく何かをおぼえられることが、うれしいです。「みんなといっしょにわいわいしてると、ようご学校でいっしょだったミキちゃんにも、一度でいいから、みおと同じようにさせてあげたいなぁ」と思います。

　先生も友達も、やさしくて、今までのつらかったことも、全部うめあわせてもらっているようです。これからは、手を使うことを目標に、やる気を出してがんばります。

　4年生では、いろんな仕事をゴミ収集のおじさんの話を聞いて考えたり、人権について考えたり、車イス体験をして、今までと少し違った勉強をしたのが、印象的でした。

人権って何かな　（作文より）
　人権って何かな。人間が生きていく上での人間としての権利？　辞書をひくと、「人が生まれたときから持っている、自由と平等の権利」と書いていた。

　橋本さんの話をビデオで観て、「人間を人間として見ないことかな？」と思った。「それなら、私の方がいっぱいある」と思った。まずは、お医者さん。鈴木先生だけはちがっていたけど、みんな私のことをめずらしい物のように見て、調べようとした。「パンツだけになって、歩いてごらん」と言う。かんごふさんも、いっぱい見ている。「お父さんわかるかな。お父さんの所へ行って」と、かんごふさんまで言う。いやで歩けなくなる私。

　そのあと、ねころばされて、あちこちはかられる。「なぜ、

第 2 章　小学校時代

パンツ一枚にならないといけないの。あちこちはからないといけないの」と思って、泣きたかった。それが、この前行ったH市のお医者さん。どこも同じようなものだった。P市でも、Q市でも、ひとりのお医者さんじゃなくふたりにかんさつされた。待っている間も見られた。私は人間だとは思えなかった。

　ようご学校でも同じように思えた。時間を10時半ごろに決めて、みんなをトイレにつれていった。アコーディオンドアは開けたままで、したくもないのに、トイレにすわらされた。しないと、変な顔された。となりのクラスは、教室の中にオマルを2つと洋式トイレをおいていて、みんなの見ている所でおしっこをさせていた。おしっこしたら、歌を歌って、みんなでよろこんでいた。人の見ている所でおしっこさせるなんて、人間と思っているのだろうかと思ってしまう。病気の子は、何もわからないと思っているみたいだけど、がまんして、そのうちあきらめていくだけだと、わかってほしい。

車いすの体験学習　（作文より）
　私は、今まで自分の身近に、車いすの子がいたのに、車いすにのったのは、初めてだった。ようご学校では、友だちの洋子ちゃんの車いすを毎朝押して、教室まで行っていた。じゅうたんのひいてある広いろう下を、あちこちまがりながら歩いていた。今日、車いすにのってみて、洋子ちゃんの気持ちがわかった。洋子ちゃんは、いつもにこにこしていた。私のめちゃくちゃな車いすの押し方にも「ヒャーヒャー」と言いながらわらっていた。「私にそんなことできるかな」と思った。みんなは、

電柱や車が止めてある所は、車いすが通れないので、車いすからおりて、トコトコ歩いていた。「こんなのあり？」と思いなら、同じことをしないとどうしようもなかった。また、横をすごいスピードで走る車にビクビクしたり、みんなに持ってもらいながらも、後ろ向きになる階段の怖さは、心ぞうがバクバクした。きっと顔もひきつっていたと思う。洋子ちゃんのように、怖い思いをしても、そんなの何も感じていないような顔をして、車いすを運んでくれた人にお礼を言えるだろうか。

　車いすは、のり心地のいい物でもないし、道がガタガタだと、おしりがガクガクする、歩くよりしんどくなりそうな物だ。それでも車いすを使わないといけない人のために、もっと道を広くして、でこぼこをなくしてほしい。駅には　まずエレベーターをつけてほしい。トイレもあちこちに車いす用を作ってほしい。今のままだと、「車いすの人は、どこへも出かけるな」と言われているみたいだから。いつか、だれもが歩けなくなる時が来るだろうから、今から、少しでも変えていってほしい。

　ちょっと　いやな行事の一つに、青空集会（たんぽぽ学級の紹介）がありました。毎年全校生に紹介され注目されるいやな行事です。

たんぽぽ学級の紹介（作文より）

　今、たんぽぽ学級の紹介がおわって、ふくざつな気持ちです。「どうして、みんなに紹介されないといけないのかな。自分はみんなと同じつもりでも、やっぱりちがう障害児だから、みん

第 2 章　小学校時代

なにわかってもらわないといけないのかな。こんな病気じゃなかったら、こんなきんちょうする目にあわなかったのに」と思ったり、「新1年生は、かわった子と見ているから、説明してもらっとけばそれでいいから、がまんしないといけない」と思ったりしました。

　クラスのみんなは、みおのことを紹介するのに、いっしょうけんめい考えてくれて、1年生でもわかるような文を作ってくれました。大きな声で言う練習もしてくれ、じょうずに言ってくれました。

　私は、みんなの言うのを聞いていて、はずかしくて、どこかへ行ってしまいたくなりました。全校生に紹介されてきんちょうで、立っていられなくなりました。「やっぱりいや。はやくおわって」と、ずっと思っていました。気持ちをおさえるのに、動作法が役に立ちました。中野先生の言っていた、「かたの力をぬいて、ひとこきゅう置くといい」という言葉を思い出して、体のかたくなるのをふせぎました。

　これからも、ずっとあるだろう紹介、いろんな人にわかってもらわないといけない病気。ずっとずっと続くだろうけど、動作法でコントロールしていきながら、全て平気でやっていきたいです。お医者さんにも、わかってもらうため、がんばってしゃべったり、字を書いてきました。病気についても、ワープロで打って、見てもらいました。

　いろんな人に、わかってもらわないと、みおの道はないと思い、がんばるつもりです。

もしも 自由にしゃべれたら

　もしも　自由にしゃべれたら
　まっ先に「お母さん　ありがとう」と言いたい
　こんな病気になって
　生きる気力のなくなる中で
　ささえられたのは　あなたの必死の思い
　「あきらめないで」だったのです

　もしも　自由にしゃべれたら
　それから「お父さん　ありがとう」と言いたい
　私とお母さんが
　落ち込んだ時
　ささえられたのは　あなたの力強い
　はげましだったのです

　もしも自由にしゃべれたら
　私の周りの　みんなに言いたい「ありがとう　みんな」
　って　大声で言いたい
　私が　今　元気でいられるには
　みんなのささえが　あるからなのです

第2章 小学校時代

養護学級担任の先生の体育介助

　4年生になって初めて、体育の授業の全部を養護担任の吉川先生が介助してくれました。1、2年生の時は週1時間だけが養護担任で、その先生は他の上級生の生徒に付きっきりで、父が仕事の都合をつけてついていてくれました。また、3年生の時は、新任の介助員さんで、よくいっしょに転んだり、ぼおっと見てるだけというようなものでした。

　ここで初めて、私の体の動きをわかってくれ、緊張すると優しく声かけしてくれ、自分の持っている力を出せるように介助してくれる先生に出会いました。

　吉川先生は、全力で私のことをわかろうとしてくれました。たいした説明をしなくても、感覚でわかってくれる先生に、父も驚いていました。

　吉川先生は、いつも私によりそい、私を安心させてくれ、他の子と同じように動けるように支えてくれました。私は先生と一体となって動くことが楽しくてしかたなかったし、まるで自分ひとりで動けるような気になって、クラスのみんなと混ざって体育ができることを喜んでいました。

　運動会でのヒラヒラのバトンを持ったダンスも、「あまりに吉川先生と一体になっていて集団の中で上手に動くので、どこに行ったかわからなかった」と母に言われるぐらいでしたし、退場の時に走るのもスムーズですごく速く走れたのが、うれし

い思い出としてよみがえってきます。綱引きで、ズズズと引っぱられてこけそうになれば、先生もみんなも助けてくれるし、私にとっての一番の苦手な体育が、「案外できる？　本当にできた」という自信が持てることで、よけいうれしくなって、とびはねたい気持ちでした。

　先生はいつもひかえめで、私の介助に全神経を使ってくれ、他の子が先生に話しかけても、私を放って話に夢中になるということもありませんでした。時々、先生の腰が痛いんじゃないかなと思える時も、先生はそんなそぶりも見せないで、私の介助に専念してくれました。「こんな先生がいるんだ。何も言わ

運動会「2段ベッド」　養護担任の先生とペアで

第2章 小学校時代

なくても私の動きで、私が疲れていてもう動けそうにないとか、私の体調が悪いから、ゆっくりしようとか、元気でうれしそうに軽く動けるとか、すぐわかってくれて、合わせてくれるなんて。どんなに説明しても、どんなにわかってくれるよう頼んでも、わかってくれようともしない先生ばかりじゃないんだ」と思うと、それだけで、体が軽くなるようでした。「吉川先生なら、安心して任せられる」と、母はいつも言っていました。

この後、5年生の時も、体育介助に入っていただき、運動会では、組み立て体操のような体操でも、「あれがレット？ という動き」を先生といっしょにやってのけました。「二段ベッド」と呼ぶ、互い違いに腕立てふせをするのもひとりでできたし、自分でもなかなかやれるものだなぁ——と感心するぐらいでした。

球技も、ドッジボール、サッカー、ソフトボール、ポートボールのゴールキーパーまでさせてもらって、先生といっしょにひょいととんでボールをつかまえたり、まるでスーパーマンになったような気がした楽しい日々でした。あんなに思う通り動けたらどんなにいいだろうと思っていたことが、先生に介助してもらって、すっとできるなんて——。

先生の抜群の運動神経を分けてもらったように、自分の体が動くのを感じた夢のような日々でした。

今も、先生には年賀状を出し、感謝の気持ちを伝えていますが、この時の私の気持ちを伝えきれていないのではないかと思えてしまいます。

動作法

　養護学校に転校して、中野先生と出会い、動作法をしてもらって、体を動かすのが楽になって、「こんないい方法があるんだ。これだけは、これからもずっとずっと続けていきたい」と思っていました。

　養護学校をやめることになって、どうしても動作法を続けたくて、思いきって中野先生にお手紙を書いてお願いしました。その代わり、やってもらったことの感想を必ず書くことを約束しました。

　こうして、「ボランティアとしてなら、学校が終わってから行きます」との返事をもらい、月に2回ぐらい2時間の動作法の訓練が始まりました。どんな時も、私は感想を書く約束を守り、それから12年間その感想は続き、今も残っていて、その時の様子を思い起こすことができる貴重な記録となっていきました。私は、ただただうれしくて、動作法の時間を、中野先生の来てくれる時を待っていました。

動作法の記録より
4月24日　小学校4年

　動作法をしてもらって、体の動きが楽になった。今まで腰をまげて歩いていたのが、体をまっすぐにして歩くことができた。体がすっとのびたように感じられて、気持ちがいい。腰のいた

第 2 章　小学校時代

みもましになった。
　立つことでは、つま先に力を入れて、足の指で地面をつかむつもりにするといいのがわかった。ちょっとできるようになったから、しっかり立てた。ママがびっくりしていたのが、おかしく思えた。みおの右足が弱いのでフラフラしたけど、右足に重心をかけられるように練習したら、もっとましになると思う。
　先生がいっしょうけんめい　どうしたらいいか教えてくれたから、体のことがわかってうれしい。今まで、どうしてじっと立てないのか、フラフラ歩きになるのかと、ずっと思っていた。これからは、もっと正しい動きを勉強して、体でおぼえていき

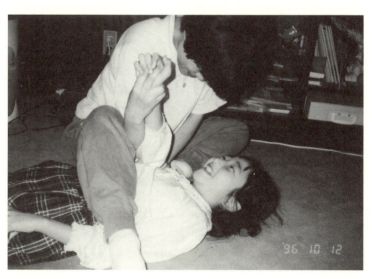

動作法　腕上げ

たい。

5月15日
　担任の先生と吉川先生が、動作法の見学に来たので、ぜんぜん集中できなかった。はじめ、パパがしてもらっていて、みおの番を待っていたのに、担任の先生がしてもらっていたから、はらが立って、がまんできなくなった。みおは、少しでも多く、体の楽になる動きを教えてもらいたかったのに。やっと、みおの番になったけど、気が散って、たいへんだった。となりでおもしろいことばかりしてるんだもの。

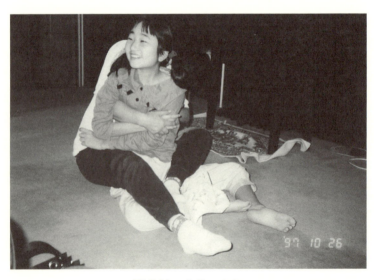

動作法　身体ひねり

第2章 小学校時代

　初めにママが言っていた「そくわんにならないようにしてほしい」という言葉で、先生が　しせいを正しくするような動作を中心にしてくれたのがわかった。いつも、しせいが悪いから、むねをはる「くかんひねり」はしんどかった。体を後ろにそらすのは、けっこう気持ちよかった。自分で「前かがみはだめよ」と思いながらやっていた。「うで上げ」は、一番むずかしかった。とくに、力をぬいて、ひじをまげないでうでを下げるのは、むずかしかった。先生が手をそえるだけで、みお自身がちゃんとやらないといけないから　たいへんで、「わぁ先生、もうちょっと、ひじの所でもささえてよ」と思っていた。あのたいへんさは、見ている人だれも気がつかなかったと思う。みおにとっては、手のコントロールが、本当にたいへんな課題だ。

6月11日

　とつぜん、訓練が受けられるようになってうれしかった。立った時のふらつきを止めたくて、「立位がいい」と書いた。足首は、右がいたくて、かたくなっているのがわかった。
　腰は、動かせることがわかった。すごくよく動いたので、おもしろくなって　わらった。この後、上手に歩ける気がして、おふろに入る前に、歩いたり走ったりした。トコトコうまく走れたので、うれしくなって、走り回っていてママにふしぎがられてしまった。
「くかんひねり」は、だいぶ肩をそらせることができた。力をぬくということを　もっとこれからやろうと思った。
　うで上げは、うでを内側にまげるのがはじめてだった。「こ

れが　どんな勉強になるのかな。うでのコントロールにいいのかな」と思っていた。うで上げは、先生がひじを支えてくれたから、楽にできた。ゆっくりより速い方が楽だ。力をぬいてできていたと思う。もっともっと、したかったけど、時間がなかったので、しかたがなかった。いっぱいやりたくてしようがない。今度の訓練が待ちどおしい。

7月2日
　動作法をしてもらってから、もう1週間以上になってしまった。毎日、いそがしいので、書けなかったから。動作法をやるまでは、自分の中でいやだなぁと思う気持ちがいっぱいありすぎて、体まで重く、かたくなっていた。動作法でそれがほぐされていくみたいに感じて、だんだんうれしくなってきて、わらってしまった。わらっている内に、体がすごくやわらかく、前よりもっとやわらかくなっているのに気がついた。自分で、すごくふしぎな気分だった。「心と体はいっしょ。と、いつも思うけど、本当にそうだな、体からほぐしても心が軽くなるし抱っこ法のように、心からほぐしても、体はやわらかくなる。動作法と抱っこ法は、うらと表にあたるのかな」と思った。それを先生に伝えたくて、だきついたり、顔をじっと見たりした。「こんなに気持ちよくなれるなんて」とおもった。いやなこといっぱい持っている子には、本当にいい方法だと思った。「みお、たこみたい」って、ママは言ってたけど、他の方法ではこんなになれないと思う。以前、抱っこ法で心が軽くなったから、抱っこ法を広めたいと思ったけど、なかなか本当の抱っこ法の

第 2 章 小学校時代

できる人はいないし、変にされるとかえって、心をきずつけられるから、今は動作法の方がいいと思う。

7月27日
　この前してもらった動作法の思ったことを書くのが、今日になってしまった。一番先に思い出すのが、立位のことだ。今までどうも、「全身を支える筋肉はどれ」なんて考えたことがなかったから、きんちょうすると、つま先でトントントンと歩いていたみたい。先生に言われた通り力を入れると、ゆっくりふつうに歩けた。一番苦手なのは、しゃがむことだけど、ちゃんとできて、うれしかった。しゃがむしせいは、ひざを曲げて足首のところで支えられないからだと思う。もっと、力を入れられるように訓練してほしい。手のコントロールが悪いから、なかなか思うようにいかなくて、はらが立ってしょうがなくなって、つい手をかんでしまう。きのうも、スイッチをたたけなくて、泣いたので、手もなんとかしてほしい。

8月10日
　この前の動作法は、立位がやりにくくて、立っているのがふらつくので、自分でこわくなってしまった。うで上げの2回目は、わりとうまくいったけど、力のコントロールがやっぱりむずかしいと思った。体は、わりとやわらかかったけど、自分ではどれもあんまりよくできたとは思えなかった。
　スイッチを押すのは、動作法の後の方が楽だった。何が一番むずかしいかは、ずっと押し続けることだ。すぐ手がはなれよ

うと動くので、この動きを何とか止めていきたいと思う。

　歩くのは歩きやすくなった。その日から、ママと姉の舞ちゃんと、犬のさくらとで散歩に行っている。今度はみおの足、どうなってるかな。

8月28日
　動作法をしてから、だいぶ日がたった。ママは「おぼえてるの？」と聞くけど、体を動かしてるのだから、おぼえている。うで上げが、いつも一番たいへんだ。力がいつも同じ所で入るから。「力をぬいて、ゆっくりゆっくり」と思いながらやっている時、不意にくっと力が入ってしまうから。自分でも、コントロールのきかないことにはらが立ってくる。でも、前よりは、ずっとましになってるのもわかっている。

　その点、足は、やればそれだけコントロールがよくなるのがわかる。しゃがんで立つのだって、もう、ふらつかなくなったし、好きな時、ソファーにすわれるようになった。足のかかとの上がポイントになっているように思える。

　今まで、すわるのも怖かった。すわっていて立つのも、「よいしょ」という感じで、元気な時しかなかなかできなかった。夏休みでリラックスできたから、体はあまりかたくならなかった。これから、どうなるかな？

9月20日
　この前してから、だいぶたった。毎日運動会の練習でつかれるから、今まで書けなかった。この前は、みおの大好きなレコ

第 2 章　小学校時代

ードをかけてたから、いつもとぜんぜん違っているかのように思えた。いつも力が入って困るうで上げは、すっとできたし、苦手なこしのばしは、それほどいたく思えなかった。体がやわらかくなっていくのが気持ちよくって、すっと音楽の中に入っていくようだった。レットの子には、この方法でやると、ていこうなく動作法に入っていけると思う。

　いつものきんちょうもなく、本当に気持ちよかった。おわってからも、ふわっとした感じで、体がつつまれていて、気持ちよかった。

10月14日

　この前動作法をしてもらったのは、運動会の前日で、つかれて体もかたくなっていたと思う。入場行進の練習があったけど、いやで　腰を曲げてしまって、自分でもどうしようもなかった。歩くのがどうしてもスムーズにいかなくて、「いややなぁ」と思っていた。動作法で、うで上げより、こしのばしがたいへんだった。やっぱり、かたくなっていたのかなぁと、やりながら思った。やってもらっていて、だんだんかたさがほぐれてきた。すごく体がやわらかくなった。気分も楽になってきて、きんちょうもほぐれた。

　運動会の日は、雨がふりそうなくもりで、入場行進もなくてほっとした。ダンスも、やわらかく動けたし、ポツポツ雨の中での80メートル走も、かたくならずに走れた。自分の体でも、動ける時と動けない時があるのがふしぎ。前の子と3メートルぐらいしかはなれずにゴールできた。手をつないでいっしょに

走ってくれた子も、上手だったけど、体が動いて、それについていけたのがうれしかった。

11月7日
　この前から、だいぶたってしまった。パソコンの練習に行っていたので、書くひまがなかった。しんどくて、書く気になれなかった。
　この前は、うで上げが楽に思えた。手のコントロールに毎日、たいへんな思いをしているので、少しでもうまくいくとうれしい。パソコンのスイッチもうまくできるようになりたいなと思う。立位は、左足と右足でちがっていて、右足の悪いのにおどろいてしまった。よくこけていたのも、これだったのかと思った。自分でも、急になったので、びっくりしたのを思い出した。いろんなことがわかるので、おもしろい。

12月3日
　このあいだから、まただいぶたった。このあいだは、「くかんひねり」が印象的だった。はじめ、すごくいたくて、びっくりした。がまんしてると、いたくなくなってきて、背中が今までとちがって、かるく感じた。ストレッチは、いつもいたくて苦手だけど、くかんひねりよりましだった。足は左右で1センチ長さがちがうことがわかったから、左右差は、やっぱりあった。でも、寝ていてすわったり、すわっていて立ったり、立っていてすわったりが、前よりずっと楽にできるようになった。これも、訓練の成果だと思う。

第 2 章　小学校時代

12月24日

　パソコンに行ったり、歯のきょう正に行ったりで、のびのびになったので、今日になった。でも、おぼえているよ。「くかんひねり」が楽になった。どのくらいのいたみがくるかがわかったから、ずっとましになった。せなかも、いたいというより、軽くなっていて、気持ちよかった。何がむずかしかったかは、手のエレベーターが一番むずかしかった。やっぱり、手のコントロールがたいへんだ。足は、かなりよくなっていると思う。最後にかかとの上をしてもらったから、立ったり歩いたりが楽になった。ひざがもっとやわらかくなったらいいのになぁと思う。駅のかいだんを下りるのがうまくなったら、うれしいんだけど。今、ママが支えるの、しんどいだろうから。

　先生に会えてよかった。体が本当に楽になった。ありがとう。

1月6日

　クリスマスの日に動作法をしてもらった。みおにとって、神様からのプレゼントのような訓練だった。体が全体的にかたくなっていたのをほぐしてもらって、一番うれしかったのは、立位で　しゃがむことからすわることを練習していて、体重を左にかけると、ひょいとすわれたことだ。今まで、すわる時、いつもカクンとなって怖かったのに、なめらかにすわれて、びっくりした。

　その後も、すわる時、あの時のことを思い出して、あの通りにして、楽にすわれるようになった。もっと早く、この訓練をしてもらっていたら　よかったのにと思う。

2月11日

　きのう、久しぶりに動作法をしてもらって、うれしかった。体がかたくなっているのじゃないかと心配したけど、案外やわらかかった。「くかんひねり」は、やわらかいのがわかって、ぐんぐん体をそらせることができた。もどす時は、「ええっ、ちょっとやりすぎたから、いたいよう」と思って、大急ぎでもがいてしまった。かかとの上をのばしてもらうのは、気持ちいいし、力の入れかげんを感じるのにいいから好き。

　片ひざ立ちは、やっぱり重心のかけ方がむずかしい。前の足をのばしてなら何とかできるけど、曲げるのがたいへんで、どこをどうするかまで考えられなくなってしまう。特に、右足前の時は、ふらつくから、先生にだきついてしまった。笑われたけど、みおにとったら必死なんだから。

　うで上げは、ピクンと力が入らなくなったら一番いいんだけど、まだ、あと一息かな、と思う。でも、少しは、よくなってきて、うれしい。いっぱいしてくれるから、いろんなことがわかる。やっぱり、みおの体は、放っておくとかたくなっていただろうし、力の入れ方、ぬき方がわからずに、しんどくなって、エネルギー切れも起こしていたと思う。

2月25日

　きのう、動作法だった。みおは、かぜひきで熱が少し出ていたので、できるかなぁと思っていた。

　初めから、「いたい」と思って、怖くなった。特に、「くかんひねり」が　背中にひびが入ったみたいだった。ビシビシと体

第2章 小学校時代

中が音をたてたみたいで、「先生、そんなに体動かしたら、変になりそうよ」と言いたくて、体ごとにげてしまった。今までで、一番きつく感じた。反対側は、少しましだったから、ほっとして、思わず笑ってしまった。

　体を曲げるのも、曲がらなくなっていて、めげてしまった。片足のばしのストレッチも、苦しかった。いつもは、かんたんにできるのにと、くやしかった。そんな時、ママが同じことをやろうとして、苦しがっていた。みおよりもっとかたくて、みおのできることもできなかった。それを見て、「みおの方がましだ。ママは、みおをはげまそうとしているんだ」と思った。「みおの体がいくらかたくても、ママよりましよ」と言われているんだと思ったから、めげずにやろうと思った。体が熱でしんどかったし、めげるとよけいできなくなるのを、必死でくい止めようとした。もう1度「くかんひねり」をする時、ママに言われなくても、自分でも、しんどい時のコントロールさえできれば　どんなにいいか、と思った。「やる」って言ったのも、そう考えたからよ。でも、実際は、むずかしかった。頭の中で思うこととは、違う形で体が勝手に動くから。

　おわって、ほっとしたら、体が軽くなっていた。うれしくなって、急におなかがへってしまった。

　こういうふうに、動作法をしてもらって、1年間の記録をここに書きました。実際、それからもずっと続き、私が21歳になるまでジタバタしたことが書き残されています。何年もしているから上手になったということはなく、その時その時の体調に

より波があり、いい時よりは、悪い時の方が多いように思えます。「上体そらし」が上手にできた時、「くかんひねり」でゆるんだら、口元までゆるんで口の周りがやわらかくなって、しゃべりやすくなった時、本当に幸せって思えました。

パソコン学習

　パソコンを習おうというきっかけは、同じクラスの大野君の一言でした。「みおちゃん、ほんまに書いてるん？　おばちゃん、書かせてるんちがう？」
　ようやくクラスになじんだ6月、今までの私のことを知らない大野君の何気ない一言が私の心を凍らせてしまいました。
　まだあまりパソコンが普及していなかった頃、レットの友達のらんちゃんのお母さんの紹介で、H市の養護学校の先生が、「キネックス」を使っていろんなスイッチを工夫してのパソコンを教えてくれるという情報にとびついて、月2回ほどH市まで行くことになりました。その頃、父もまだパソコンができなかったので、何もかも初めての体験に両親も必死でメモをとっていました。すぐ私もパソコンを買ってもらい、キネックスを使って、自分ひとりで書いているということを証明しようとしました。

第2章 小学校時代

6月30日
パソコンを習って

　私がパソコンを習いたいと思ったのには、今までママの介助ではみおが書いているのに、そうは思ってもらえなかったからです。ママが書かせていると思われて、どんなにみおがいっしょうけんめい書いても、みとめてもらえなくて悲しくて、やる気までなくなったこともあります。また、先生によっては、いろんなことを聞かれてためされたこともあります。ママ以外の他の人と書けたらいいとは思っても、書かされるだけで、いやな気持ちだけが残りました。ママのようにはできないと、「書けない」と言えばいいのに、自分が力を入れて書かすのです。今までそんな人が2人いました。2人とも、先生です。その時、「うそよ」とは、心の中で叫びながらがまんしました。ママがすごく喜んでいたからです。

　そんなことがあったので、人間はもういやでした。また、あんな風にされるのかと思うと、手が動かなくなり、つっぱってしまうのです。

　ママ以外の人と書くのは、もうあきらめました。鉛筆介助は、よほどみおがどう思うか知りたいという人でないと、ママのようにはできないからです。でも、そんな人は、現れません。だから、パソコンをやりたいと思いました。

　機械なら、うそはつかないからです。それに、ひとりでして、みんなに、「これは、ママが書かせているんじゃなくて、みおが書いているのよ。これなら信じてくれるでしょ。みおはママのあやつり人形じゃなくて、今まで書いてきたのも、みんなみ

おが自分の意思で書いてきたのよ」と、言ってやりたいです。
　こんな病気になって、やっとママの介助で自分の考えを出せたのに、周りの人たちの目は本当に冷たいものでした。「このままでは、みおは、いっしょうけんめい勉強しても、みとめてもらえない。みおが100点とってもママがいるから、みおが100点とは思ってもらえない。どんなにやっても、ダメなんて、がまんできない」と思って、パソコンを習い始めたのです。
　でも、手がなかなか思うようにいかなくて、めいってしまうことも、しょっちゅうです。まちがって押して、「どうしよう」と思うと、手がつっぱって、コントロールできなくなるのです。ママがなぐさめてくれるから、「またやろう」と思いなおしてやります。少しずつかんたんなことから、確実にやっていけたらいいなと思います。

　何カ月もかけて、私に合うスイッチを試し、私の手がコントロールできるのは、ほんの少しの力だけだとわかったため、針金のスイッチを使うことに決めました。また、人差し指だけを出して、後の指を押さえる装具をOT（作業療法士）さんに作ってもらい、それを使うとトーキングエイドも母に手首を持ってもらうだけでわかってもらえるので、なかなかのお気に入りになりました。パソコン専用の椅子として、坐位保持装置を作ってもらい、一応道具はそろってきました。
　ところが、「あ行、か行、さ行、た行、な行、は行、ま行、や行、ら行、わ行、ん」の行をスイッチで指示し、その後「あいうえお」「かきくけこ」「さしすせそ」などの文字をスイッチ

第2章 小学校時代

で指示するのに、自動的に枠が変わるため、なかなかうまくタイミングが合わず、あわてて早く押しすぎたり、2度押したり、通り過ぎるとがっくりして手がつっぱったりで、ほんの一言「みおは」を書くのに、ものすごい時間と労力がかかり、ストレスで顔がかゆくなって、こすってばかりで、本当に自分の言いたいことを書くのに、介助してもらって書く場合の何倍もの時間と労力をかけなければならないことに気が付きました。それでも、練習、練習と思い、H市まで通い続けました。

5年生になっても、早退してパソコンを習いに行き、クラス担任の先生まで見学についてきてくれ、一生懸命練習しました。

文字を減らすため、友達の顔写真をデジカメで撮って、それで代用したり、先生も、いろいろ工夫してくれたのですが、自分が「あぁダメだ」と思うと、その感情が表に出て、手のコントロールがうまくいかなくなりました。これでは、今までみたいに長い文を書く気になれなくて、どうしようと思いはじめたのです。その頃、ひとりでできるように、右手をのせる装置を発泡スチロールで作ってもらいました。それを使っての練習では、いつもよりもっと手がつっぱったり、手が動かしにくくなって、指導してくださっている井出先生はじめ、両親まで「どうしたの？」という感じでした。

私は、自分の気持ちのコントロールができなかったし、自分の手のコントロールもできませんでした。いつも、母が、気持ちをコントロールできるように「そう、そう、その調子、その調子」と言ったり、「あわてなくていいよ。次までゆっくり待てばいいよ」と言って、私がリラックスできるように体にさわ

ってくれていたから、何とかできたのですが、母が何も言わないで、離れて見ているだけの状態だと、緊張で何もできなくなっていったのでした。「自分ひとりで、パソコンで自分が書いていることを証明したい」と思っても、やっぱり安心させてくれる人がいないと私には何もできない病気なんだ。こんなことしているより、母に介助してもらって、思っていることをたくさん書く方がいいのではないだろうか、と思えました。

　また、それがストレスとなって、体調をこわし、よくお休みするようになってしまいました。悪い事は重なるもので、養護学校のペンキ塗りや、病院の建て替え工事があり、私は、ペンキの臭いで頭が痛くなったり、工事のうるさい音で頭が痛くなり、いつしか休んでばかりで、行けなくなってしまいました。

　今なら、私の病気は脳の神経の病気なのでドーパミンというやる気を出すホルモンがたくさん出た時だけ、神経接続回路がつながり、手を動かすことができるという原理がわかったのでドーパミンが出るように、セラピスト役の人が必要であったり、音楽を聞かせるなりして、リラックスできる環境を作れば、もっと手を自由に動かせただろうということがわかっています。母は、セラピスト役をしていただけで、それをしてくれる人が他にいれば、母以外の人でも良かったと言えるのですが……

歯の矯正

　私は、虫歯予防のための点検に南大阪療育園（現在南大阪小

第 2 章　小学校時代

児リハビリテーション病院）の歯科に小学 2 年の時から定期的に通っているのですが、そのきっかけは、市の障害児のための休日診療所に C_1 の虫歯の治療をしてもらいに行った時の当番医の言葉と態度でした。「はい、口開けて」「あかんな、これは。瞬間芸やで」とアシスタントさんに指示して、「虫歯治療はできません」と、言われたからでした。初めからやる気もなく、こんなの無理やという態度に、私はカチカチになってしまい、口を開けることができませんでした。それで、家からかなり遠い障害児専門の病院へ行って、虫歯治療をしてもらったのでした。優しく接してもらえると、口を開けることもできるし、何でも言われる通りできるのですから、「ああ、こんなふうにしてもらえれば、私だってできるのに」と思えて、それからはずっと、今でもお世話になっています。

　歯の矯正は、病院に慣れてから、受け口を治すため、堀雅之先生にお願いしてやってもらえました。

　小さい頃、わかってもらえないことが悔しくて、しょっちゅう歯ぎしりをしていたので、私の乳歯はすり減り、受け口がひどく、このままではダメだと思っていた両親が必死に先生に頼み、「字を書いてちゃんとコミュニケーションがとれる子なので、お願いします」と言い、それならしましょうということで、約 3 年かけて、毎月 1 回歯の裏側を針金で少しずつ押す装置を作ってもらいました。「痛いか、痛くないか、少し押せているかどうか」に答えながら、調節してもらい、上の歯茎に入れ、食べる時以外着けていました。なかなか　あと少しというところを超えられなくてたいへんでしたが、下の歯にかぶせる装置

を作ってもらって、やっと正常になった時は、本当にうれしかったです。

　先生が、いつも優しく、慎重に調節してくれるので、できたのだと思うし、私は、先生のことを心から信頼していたので、不安になることもありませんでした。先生となら、2人でレントゲン室にも行けたし、歯型とりでも何でも言われる通りできました。いつも丁寧に説明してくれたので、それに応えようと、私も必死でがんばりました。

　今の私から、受け口の女の子を想像するのは、難しいでしょうが、ちゃんとカルテは残っています。また、レットが歯の矯正をしたなんて、信じてもらえないかもしれませんが、事実は事実であり、今、堀先生は、転勤されてあそこにはいませんが、たくさんのスタッフの証言は得られることでしょう。「コミュニケーションがとれないと、口の中のことで、外からはわからないので、できないのですが、みおちゃんは、ちゃんと答えてくれたのでできました」と、主治医に言ってもらって、たいへんなことができたのだと思えました。

　後にカルテで調べてもらったら、初診が平成4年6月19日、矯正装置装着が平成7年11月22日、保定装置が平成11年1月19日装着で、その年で終了ということがわかりました。

4年生の友達

　4年生でも、ゆみちゃん、みほちゃん、なるちゃん、奥ちゃ

第 2 章 小学校時代

ん達と友達になりました。7月12日の誕生日には、不意に、さっちゃん、みくちゃん、浜田君、その弟、奥ちゃん、りなちゃん、森さん、みやちゃんという、前のクラスの友達と今のクラスの友達が現れ、「みおちゃん、おめでとう」のコーラスに、びっくりしてしまいました。父はあわててケーキを買いに行き、みんなでジュースとケーキとゲームで遊ぶ、今でいう「サプライズパーティー」を楽しみました。その後、前のクラスのみえちゃん、あみちゃん、ふみちゃんが、クッキーを作って来てくれたのも、うれしい思い出です。また、14日には、ゆみちゃん、みほちゃん、奥ちゃんといっしょに、ラテン音楽に合わせて、マラカスをふって踊っていました。

　とはいっても、前のクラスの友達とは、指文字できる子がいて、直接言いたいことが通じていたのに、今度のクラスの友達とは、なかなか通じにくく、どうしてかなぁと、もどかしく思っていました。母を介しての会話は、自分と話している気になれなくて、時々、前のクラスに戻りたくなって悲しくなっていました。

　そして、夏休み。私達一家は、らんちゃん一家とゆいちゃん一家といっしょに神戸のしあわせの村に小旅行に行きました。夜、指文字でコミュニケーションをとる方法をらんちゃんにした時のらんちゃんのママの感動は、すごいものでした。どのおかしを食べたいかを聞いた時、らんちゃんがはっきり指で「○と×」を書いてくれたのです。らんちゃんのパパも、らんちゃんのことを見直したみたいでした。来年も行きたいなと思いました。

国語の時間に俳句を習い、五七五で思うことを書く練習で、次の句を作りました。

　　しあわせは　みんといっしょに　くらすこと

　　支えられ　今まで来た道　ふり返る

　　運動会　友の手感じて　走り出す

5年生　誕生会

第2章 小学校時代

　　車いす　押して知るのは　友の悲しみ

　こうして、私の4年生時代は、何の心配もなく、優しい先生のもとで、終わっていきました。はじめて、何事もなく終わったと言っていいでしょう。冬には、よく微熱を出して保健室へ行ったり、午後から早退したり、風邪でお休みするのは、やはり変わらなかったのですが。

　もう、その頃は、こんな弱いのが私だと思っていました。友達は、どんどん大きくなり、運動面でも、すごく強いボールを投げたり、速く走ったりできるようになっていっても、私は、小さく細く、弱い子のままで、その差をひしひしと感じていました。その中で、私は自分にできることを精いっぱいするだけでした。

5年生になって──母の講演・思い出

　やっと私に、仲良しの友達ととってもいい先生に囲まれる機会が訪れました。さっちゃん、みやちゃん、ゆみちゃん達と遊べ、山本先生というまっすぐな性格の明るく優しい男の担任の先生に教えてもらい、体育介助はスポーツマンで、これ以上ないと言えるほど私の動きを引き出してくれる吉川先生についてもらえ、最高のラッキーでした。山本先生は、理科の実験が得意で、算数も一ランク上の問題まで出してくれて、教科書だけやるより、もっとスリリングで楽しい勉強ができ、私は、今ま

でで一番何にでもやる気が出て、元気に過ごせるようになりました。読書感想文は「『きっと明日は』を読んで」を書きました。

パソコン、動作法、歯の矯正と忙しく動き、勉強も充実し、運動会、奈良への遠足、キャンプ、連合音楽会の練習、出演と、いろんなことを体力のない私がやれたのが不思議なことだと思えます。

今年も、ゆいちゃん一家、らんちゃん一家とレットの家族がしあわせの村に集まりました。初めてのまおちゃん一家も加わってレット4家族が会って、話をしました。

1年ぶりに会ったゆいちゃんは、小学校が楽しくなさそうで、レットの特徴のおなかに空気がたまって、パンパンになる大きなおなかだけが目立っていました。ほとんどさくらんぼクラスで先生とゆいちゃんだけでいるらしく、お姉ちゃんと学校で会うことが一番うれしいらしい。なのに、1日も休まず行ったそうです。うちのママの手に「みおちゃんもがんばってるから、ゆいもがんばった」って書いてくれました。まだ1年生なのに、がまんしてばかりで、病気がひどくならないか心配です。「ゆいも、わかっているから勉強したい」って書いて、じっと大きな目でママを見ていました。でも、ゆいちゃんは、私のママにしか字が書けなくて、ゆいちゃんのお母さんもお父さんも、「鈍感でわからない」と言って、ゆいちゃんに書いてもらわないみたいです。だから、ゆいちゃんは、目で合図しています。その方がゆいちゃんの家族には通じるみたい。らんちゃんは、あまり楽しくなさそうでした。

第2章 小学校時代

　初めて来たまおちゃんは、私と同じくらいの背で同じくらいの体重みたいでした。顔がキラキラになったり、何も感じないみたいになったり変化に富んでいました。プールではうれしそうに泳いでいました。私のママと○×と数字を書いてお話ししてた時、うれしそうでした。
　みんな、病気に負けそうだったから、ちょっと悲しくなってしまいました。

母の講演
　パソコンを習いに行っているH市の養護学校に、らんちゃんの主治医の紀平省悟先生が、2、3回見学に来られていて、OT（作業療法士）さんに作ってもらった、人差し指1本だけ出す装具でのトーキングエイドでの会話や、らんちゃんのお母さんに渡していた動作法について書いた私の作文のコピーを読まれて、私が自分で意思を表していることをわかってくれました。
　それで、母は、井出先生と紀平先生から、私とのコミュニケーションをどういうふうにとってきたかを、M整肢園のPT（理学療法士）さんやOTさん、お医者さん、レットの子の親に話してほしいと頼まれ、引き受けたのでした。
　11月12日、H大学の講堂で60人位の前で、母の講演は始まったそうです。その前に、母は、「みおの伝えたいことを書いて」と言っていたので、私は次のように書きました。

レット症候群という病気になって

　この病気のことを考えるとき、いつも思い出すのは、飛行機のごう音で、こわくてしかたなかったことです。耳が痛くてつぶれそうでした。私には、泣くことしかできませんでした。

　もし、あなたが急に手が使えなくなって、しゃべれなくなったら、どう思いますか。どうしますか。

　そう考えてくれれば、レットの子のことがわかる、と思います。人の言うことは、ちゃんと聞こえています。わかっています。病気だということも、今ではわかっています。あちこちのお医者さんに診てもらいました。進行することも知っています。あなたなら、怖くないですか。おかしくならないでしょうか。
「レットは、手もみをする」と言われています。
「レットは、歯ぎしりする」とも。あなたなら、しませんか。

　手を口につっこんで、怖いのをまぎらわせた時もありました。
　手もみをして、気分をまぎらわせた時もありました。
　いやで仕方のない時は、歯ぎしりをしました。他に、私にできることがあるでしょうか。

　私が、学校で字を習い、書けるようになるまでの5年間、どう思っていたかわかりますか。

　初めは、怖さで固まっていました。それから、ママの話しかけと歌になぐさめられました。ブランコに乗って、いろんな歌を歌ってくれたことが、今もぼんやりと、思い出されるのです。訓練はどれもいやでした。幼稚園は、お友達がいて、それだけが良かったことです。大人にはわかってもらえないことも、友達にはわかってもらえました。でも、みんなといっしょのこと

第2章　小学校時代

ができないので、りすを見に行ったり、フラフラ歩きをしていました。

　抱っこ法に行った初めから、私が何でもわかっていることに、ママが気づいてくれたので、抱っこ法を他のレットの子に広めようと思いました。でも、他のレットの子のお母さんは、ママほど、わかっていることがわかりませんでした。

　私は字を学校で教えてもらったから、書けました。字を教えてもらってなかったら、今の私はありません。字を書くことで、私は救われました。

　鉛筆介助は、ママが見つけてくれたものです。今では、何でも書き表せるので、やる気も出て、元気になっています。

　書くことを疑われた時は、やる気もなくなって、寝込みましたが、いつかは、だれかがわかってくれると思っていました。私にとって、家族とわかり合えるだけでも、うれしいことなので、それでもいいとも思っていました。

　私がわかっていることをわかってくれたのは、お医者さんでした。鈴木照子先生、有馬正高先生にわかってもらって、本当にうれしかったです。

　今、レットの子に言いたいのは、「字を覚えて、思っていることを出しなさい。にげないでがんばれば、道は開くよ」ということです。「病気と闘う勇気がわくから、がんばろう」ということです。

　体を動かす時のことを教えてくれたり、かたくなった体をほぐしてくれるのが、動作法です。私は、中野先生と動作法の訓練を通して、お話ししているのです。

抱っこ法で、「じっと立っていようね」と言われて、立とうとしても、立っていられなかったことが、動作法で腰まげをしたり、足のアキレスけんをほぐしてもらったり、立位でひざ曲げをしているうちに、かんたんに立てるようになりました。だから、レットの子に、動作法をするよう言いたいです。今では、体がうそのように楽に動かせるようになりました。
　最後に、私には、いっぱい友達がいたから、ここまでになれたと言いたいです。みんなといっしょに勉強できて、楽しかったです。私がこの病気の子の中で一番幸せじゃないかと思います。「先生、ありがとう」って、言いたいです。

　この時、学校から　担任の山本先生、隣の組の先生、学年主任の先生方が来てくれていて、ビデオを撮ってくれていたので、家でおじいちゃんと留守番をしていた私も、どんな様子だったか、わかって、母がすごく落ち着いていて話しているのが印象的でした。
　また、紀平先生も主治医の鈴木先生と同じ有馬先生の門下生だったとは、お医者さんのつながりにびっくりしてしまいました。紀平先生は、最後のコメントで、私のことを「何故かはわかりませんが、レットの高機能群――自閉症でもたまに天才的な子がいますが、この子はそれと同じような、高機能群でしょう」と言われました。
　この後、今まで半信半疑だったであろう学校側も変わってくれて、他の先生方も優しく声かけをしてくれるようになり、最高に居心地の良い環境を楽しめるようになりました。その一つ

に、少年自然の家でのキャンプがありました。あまり体力のない私が、カレーを食べて、キャンプファイアに参加させてもらえることになり、前の担任の先生が車で送迎してくれました。自分だけ何もせず、みんなが作ってくれたカレーを食べるということにちょっと気おくれをしていたけれど、笑顔でむかえてくれて食べたカレーは、とってもおいしかったです。そして、その後のキャンプファイアのたのしかったことは、11月終わりの寒さの中での行事としては、最高のあたたかな思い出として、私の中に残っています。O157の騒ぎで、本当なら夏にするキャンプが秋になり、山の秋の夜の寒さを知らない友達が、ミニのキュロットスカートでふるえていて、みんなで体を寄せ合って歌を歌ったり、ゲームをしたり、ダンスをして、あっという間に終わりになって、もっと続いてほしいと思っていたことと、赤い炎の何ときれいだったこと、司会の火の神様役の小島君が上手に進行してくれたことなど、ずっとずっと忘れずにとっておきたい思い出となったのでした。

5年生の思い出（文集より）

　私の5年生の思い出は、1日1日が楽しく勉強できたことです。5年生になって、「できるだけ休まずに、がんばりたい」と思って、熱が出ていても、学校にがんばって来ました。それは、みんなといっしょにいて、楽しかったからです。先生のお話もおもしろく、今もしゃべるセキセイインコのピー子ちゃんの話や、夏にしてくれたこわーい話を思い出します。いっしょうけんめい練習した運動会、吉川先生と一つになれて、何とか

みんなと同じように動くことができました。手が思うようにならないので、「二段ベッド」は、一番たいへんでした。でも、いっしょうけんめい手に力を入れて、体を支えることができた時は、本当にうれしかったです．

連合音楽会の練習も、朝早く起きないといけないので、たいへんでした。でも、みんなで合奏する楽しさ、特に迫力あるティンパニーや太鼓のリズムにのってひくオルガンに、指がわりと動いたし、とても感げきしました。

また、キャンプファイヤーも、参加できてうれしかったです。ファイヤー係さんが、みんなでリードしてくれ、楽しく歌やゲームやダンスができました。寒かったけど、あの火のきれいであたたかだったことは、ずっと心に残るでしょう。そのほかにもいろいろありました。一つ一つが、私の大切な思い出です。ハムスターがいなくなって、みんなでさがしまわったり、カエルの死がいにおどろいたり、メダカのたまごを喜んで見ていました。

3学期は、よく風邪をひいて、熱を出して休みましたが、私は自分で、よくやったなと思います。これも、優しい先生とみんなのおかげだと思います。「ありがとう。山本先生。みんな」

6年生になって─いじめられて

私の6年生の生活は、5年生と同じクラスで、同じ山本先生なので、5年の時と同じように楽しくなるだろうという安心感

第2章 小学校時代

でスタートしました。5年生の時いた2人の男子が転校し、新しく転校生が4人来たというだけの変化で、クラスの雰囲気が変わってしまうなんて考えもしませんでした。

もともと、私の学校は、田舎の学校で、大きな5棟のマンションが建ち、転校生がクラスの3分の1を占めるなんて、考えられないような学校でした。それまでいっしょになった子は、私の病気のこともわかってくれていて、6年生では、何の説明もしなかったけれど、それでいいと思っていました。

それが、私のことを無視する転校生の女の子の態度で、私は学校に居場所がなくなり、6年生の生活を送ることが苦痛になっていきました。6月には、尿検査に血尿で引っかかり、病院に検査に行き、疲れているのだろうと思われ、無理しないようにということで、学校をよく休むようになってしまいました。

今から考えると、あの頃の私は、やる気を出すホルモンのドーパミンが出ない状態になっていて、それが体に出て、弱い体がよけい弱くなったのでした。

あの時のことを、中学3年生の読書感想文に書いたので、それを読んでもらいたいです。今思い出しても辛いのでこれ以上書けないと思うからです。

『だから、あなたも生きぬいて』を読んで

いじめ―どこにでもあるたわいないこと、と思う人は、いじめられたことのない幸せな人だ。いじめにあって、居場所のない思いをした者にしか、その場から消えてしまいたい、死んでしまいたいという気持ちは、わからないだろう。この本を読ん

で、「こんなひどいことをされるなんて、どうして。転校生だからかなあ。でも、ひどすぎる」と、思わずにはいられなかった。光代さんは、ごく普通の子だから。

それに比べ、私は手足が不自由で、しゃべれないから、「へんな、気持ちの悪い子」と思われて、いじめられたのだと思う。また、母が介助についているのもその原因だったかもしれない。

なんといっても、存在を無視される辛さは、いつまでたっても消えないとげのようなものだ。もう３年になるというのに、その子に会うと、心が冷え切って、いじめられた日々を思い出さずにはいられない。

たとえば、朝礼のため、学年毎に体育館に背の順に並んで移動する。私とＥ君が先頭で、先生から、教室のすぐ前の階段を他の学年の小さい子が下りてから下りるように言われていて、その通りすると、階段を下りきった時、Ｅ君が、「みんな　来てないで」と言って、大慌てで階段を上っていった。私と母だけとり残されて、大慌てで不自由な足で、みんなを追いかけた。向こうを見ると、私のことを無視した私のすぐ後ろのＮ子ちゃんが、みんなの先頭をつとめて、廊下をどんどん進んでいた。別の階段を下りるらしい。

また、音楽室への移動や、理科室への移動も、いつも私の手を持って支えてくれていた友達の手を、その子は引っぱって、どんどん走って、私が追いつけないようにしていった。

わたしは、だんだんひとりぼっちになっていった。体さえもっと自由に動いてくれたら、と思った。また、トーキングエイドなんか使わずに、直接仲良しの友達とおしゃべりできたら、

第 2 章　小学校時代

とも思った。

　だんだん、学校へ行っても楽しくないし、行きたくないなぁと思い、このまま弱って、死んでしまいたいな、と思った。

　進行性の病気だということを知っているので、そのまま、病気がひどくなればいいとも思った。学校という所で、ひとりぼっちは辛い。たくさんの子がいる中でのひとりぼっちなのだから。

　でも、私は自殺できない。光代さんのようには、できない。みんな、そこで思いとどまるのだと思う。私には、いつも母がついてくれたから、おもいとどまれたのだと思う。家族を悲しませたくはないから。

　でも、光代さんには、その辛さをわかってくれる人がいなかったから、割腹自殺をやったんだと思う。学校でのことは、家族にはわからないから。また、たまたま命をとりとめても、彼女には、心の支えになる人がいなかったから、どん底まで行ってしまったけれど、大平のおじさんという支えになってくれる人が現れてからは、すばらしい努力と精神力で、一から勉強をやり直し、とうとう司法試験まで合格して、弁護士になれたんだ。

　私はある時、偶然テレビで彼女を見た。そして、彼女の極彩色の刺青（いれずみ）も。どんなに痛かったろうと、彼女の体と共に心の痛みまでを感じて、涙が出た。彼女は刺青をテレビカメラに見せた。上半身裸で、それを見せるという勇気に、彼女の、「私のようにならないで。辛くてもがんばって生きるのよ」というメッセージを受け取った。

今も、彼女は、非行少年や少女に、あの頃の自分を重ね合わせて、彼らに立ち直ってもらいたくて、走りまわっている。ひとりでも多くの人に、自分のメッセージを伝えるため書かれたこの本は、本そのものが光っている。
　私も自分の辛い体験をある先生に書いたら、「心の貧しい人は幸せになれないのに、かわいそうな人もいるんですね」と言われ、はっとした経験がある。その言葉で、私の心のとげはぬけ、今までたまっていた重いしこりがとけていくのを感じたのだ。
　いじめに合っても、ほんの少しの言葉、ほんの少しの支えで、立ち直れるものなのだ。人間って弱いけど強いものなんだ。
「今こそ出発点
　人生とは毎日が訓練である
　わたくし自身の訓練の場である
　失敗もできる訓練の場である
　生きているを喜ぶ訓練の場である」
　今、私はこの言葉をかみしめ、一生懸命生きている。生きていることの喜びをかんじながら。生きていればこそ、人との出会いがある。すばらしい出会いが――

　楽しくない学校生活をなんとか過ごし、校舎増築のため６月にした運動会もなんとかみんなと同じように（組み立て体操も先生の介助つきで）こなし、夏休みに入ったのでした。
　夏休みで、自由に本を読めることが、私にとっての気休めと

第2章　小学校時代

なりました。フルーツフラワーパークへの小旅行も楽しめました。読書感想文も書きました。でも、今読み返すと迫力に欠けていて、あんまりいいできではないので省略します。私の中で、文章として、湧き上がってこなくなっているのです。何にもする気にならなくなっていました。

広島への修学旅行も、自分の体力の無さと母のたいへんさを考え、行こうとも思いませんでしたし、原爆関連の本は2年生ぐらいで読んでいて、目新しくも思えなかったので、みんなほどの興味も持てませんでした。

授業では、算数の組み合わせや確率を考えるのがおもしろかったことです。また、中学受験の子と同じような難しい問題に挑むのが楽しかったです。

そして、3学期。おばあちゃんの心臓手術のため、母がおばあちゃんに付き添うので、私はお休みするしかありませんでした。おばあちゃんは、心臓の冠動脈バイパス手術と弁置換手術を同時にするので、10パーセントの死亡率という今まで経験したことのない手術を70歳ですることになり、母は、長女として医師の説明を聞いたり、その時その時に即して、おばあちゃんのことに全力を出していました。

学校では、受験のため、私と同じように長い間お休みしていた男の子もいたので、普通に、卒業文集を作ったり、アルバムの写真を撮ったり卒業式の練習をしたり、「旅立ちの日に」という歌の練習をして、卒業式の日を迎えました。

「6年間をふりかえって」（文集より）

　私が、この学校に入って一番よかったのは、字を教えてもらって、思っていることを書き表すことができるようになったことです。よほどリラックスしないとしゃべれないので、よけい私にとって字が大切なのです。

　それから、友達といろんな遊びをしました。おにごっこ、すわりおに、かごめかごめ、ロンドン橋、お買い物ごっこ、うずまきジャンケン、タイヤとびジャンケン、王様ジャンケン、ドッジボール——

　楽しかった思い出が、キラキラ輝いています。

　運動会は、緊張して、よくころびました。友達に手を引っぱってもらって走った徒競走がいい思い出です。

　私が一番好きな行事は、音楽会です。連合音楽会で合奏した楽しさは忘れられません。

　6年間この学校でいられるとは思っていなかったので、今、何とも言えない気持ちです。私に、すばらしい経験と思い出をくれた、先生、友達に「ありがとう」を贈ります。

　こうして、私の小学校生活は、いろんなことがあったけれど、無事終えることができました。言葉の出にくい、手の使えない病気のため、誤解されることもありましたが、毎日毎日の積み重ねが、いつかはわかってもらえるだろうという私の希望どおり、少しずつかなえられていったのだと思います。たくさんの友達といっしょにやってこれて、私は幸せだと思えます。体力のない私のことを理解し、励ましてくれた山本先生、いつもい

っしょに支えてくれた母がいなければ、私の希望もかなえられないものとなったでしょう。内に秘められた力を出せて、みんなといっしょに勉強できたことが、うれしいです。

第3章　中学校時代

中学1年生　校長先生が持ってきてくださった
　　　　　ホームごたつでの英語の授業風景

中学1年生―ひとりの人間として

　こうして私は、地元の公立中学への進学をごく普通に希望し、体力がなく母の介助なしでは何もできない病気であることを説明して週2日午前中4時限だけの登校を認めてもらいました。好きな音楽はクラスで受け、1年生の時は、英語、数学、社会はプリント、苦手ですが体育を受けることが認められました。養護教室で、授業を先生から1対1で受け、テストも皆と同じように受けるのですが、高校受験に内申書が重要なので、母介助で特別に勉強を教えてもらえる私には、評価はいらないということで話がついたのでした。

　私は、勉強が好きなので、短時間で私に合わせて教えてもらえるということが、気に入っていました。やっていて、体育はやはり体がついて行かないし、体育の先生がついてくれてもうまく動けないので、時々休んで、体育祭までは何とかやったのですが、その後柔道はリタイアしてしまいました。

　音楽は、クラスに行く時、ドキドキしたのですが、先生がすごく優しいし、クラスの男子が子供っぽくて、授業の始まる前に音楽室の戸棚に隠れていて、先生に捜されるのを待っている様子がうれしそうで、おもしろかったです。

　先生のピアノ伴奏はとても上手で、私は歌を歌えませんが、歌っているつもりで、母といっしょに喜んで音楽の授業を受けていました。

第3章　中学校時代

　校内の合唱祭の練習では、違う小学校出身の優しい子が私のためにイスを持ってきてくれたり、寒い時期には音楽室に足温器を持っていかせてもらったり、居心地よくしてもらって、楽しい時間を過ごさせてもらいました。合唱祭では、私も同じように歌っているつもりで、舞台に立っていました。

音楽の先生

　初めて　です
　クラス担任の先生で　私のことを　わかってくれたのは

　難病というだけで　へんに　構えられたり
　親が介助についているというだけで　へんに　無視されたり
　ずっとずっと　あの子さえいなければと
　思われていました

　どんなに　やさしそうに　笑顔を向けられても
　その目は　笑っては　いなかった

　どんなに　平静を装っても
　みんなと同じが原則という学校では
　同じでない私は　じゃま者でしかなかった

　そんな中で　違う私を　大切にし

私ひとりのために　心をこめて　ピアノをひいてくれた
こんな先生　初めてです

私を　認めてくれて　ありがとう

養護学級

　ここでは、1年上のあさかちゃん、同学年のレナちゃんがいましたが、彼女達は、自由に動けるので、めったにいっしょにはなりませんでした。

　私の養護担任の先生は、数学の先生だったので、週2回数学を教えてもらえることになっていました。先生と1対1で教えてもらえるのは、ドキドキでしたが、教科書をみんなの速度に合わせて教えてもらい、練習問題もやり、残りは宿題でして、問題集もして、テストはみんなと同じのを受けていたので、かなり宿題は多かったように思えます。

　先生は、初め半信半疑だったろうと思えるのですが、私はそんなことをゆっくり考える余裕もなく、必死で毎回やっていました。母は、数学が嫌いで仕方がない人なので、仕方なく介助してくれていました。私は、しんどくなったり、お腹が痛くなったりして、休憩することもありましたが、きっちり宿題だけはしていました。母が嫌がるので、予習は1度もしなかったのですが、1対1の授業は、何と言っても効率よく勉強するのには、一番でした。テストは、いつも予想よりできていて8割か

第3章　中学校時代

9割ぐらいできていましたが、変な間違いをするので、直しながら悔しい思いをしていました。中学3年生で、養護担任は国語の先生に替わりましたが、数学は3年間ずっと同じ先生に教えてもらっていました。その間、角度を出すテストで、私が勝手にxとyの連立方程式で問題を解いたり、教科書とは全然違う方法で証明問題を解いて、先生をびっくりさせることがありましたが、私が自分でやっていることが、何となくわかってもらえたのではないでしょうか。ルートの項目では、テキストではなく先生の作られたプリントで勉強したし、私の母は、数学が嫌いでできないし、何にも考えていないということは、それだけでもわかってもらえたでしょう。

　私にとって、数学はクイズのようなもので、難しい問題を解くことが楽しい教科でした。だから、問題集のわからない問題を先生に質問して、「みおちゃん、そんな難しい問題はテストに出ないから、しなくていいよ」と言われた時、「テストに出るか出ないかではなく、答えてほしいのになぁ」と思って、がっかりしました。

　体力のない私にとって、みんなと同じ進度で進んでテストを受けるのは、3年生になると、かなりしんどくなってきたのですが、いつも、挑戦して、真っ赤になりながらも問題を解いて、「ヤッター」と思えたのは、楽しいことでした。

　英語は母も好きだし、私も好きで、まず予習してノートに写し、単語を調べ、訳を書いて授業に臨んだので、時間が余り、テレビでテキストの所を見たり、英語の映画を観たり、プリントのクイズをしたり、英語の歌を聴いて歌詞の穴埋めをするプ

リントをしたり、本当に楽しい時間を過ごせました。先生がとてもすてきな先生で、こんな先生と１対１で授業をしてもらえるなんて、本当に幸せだと思えました。先生は、いつも工夫されていて、私はいろんな曲を聴いて、耳をきたえることができました。特に好きだった曲は、セリーヌ・ディオンの歌う「マイハートウィルゴーオン」で、後でダビングしてもらいました。クリスマスソングでもリスニングしたのが街で流れていると、今でも、あの時のことを思い出しています。

　先生の転勤のため２年生で違う先生になりましたが、次の先生も優しい先生で、私の疑問に誠実に答えてくれたので、ずっと英語は好きな教科、得意な教科になっていきました。進研ゼミでも英語はいつも良かったです。

　そして、国語。国語は好きでしたが、文章の理解や言葉の意味も、ひとりで勉強できるので、教えてもらわなくてもいいと思って、テストだけ受けていましたが、おもしろくなかったので、２年生から、教えてもらえるようにお願いしました。

ひとりの人間として

　進研ゼミをやって、全教科自習していましたが、夏休みに読書感想文コンクールの作品募集があったのでどうしてもそれに応募したくなり、そのための感想文を書いて応募してみました。それが、最優秀賞に選ばれるとは思ってもみなかったのですが、母の介助だから「選外」というのではなく、選ばれたというこ

とが、本当にうれしかったです。私もひとりの人間として扱ってもらえたと思えたのでした。また図書券３万円分もうれしいごほうびでした。

『夢をつなぐ』を読んで

　私がこの本を読んだのは、私の13歳の誕生日に、小学校の時の担任だった先生から贈られたからです。

　先生は、私が病気で手足が自由に動かなく、しゃべることもあまりできなくなって、ストレスをためこんでは、熱をよく出すのを、よく知ってくださっています。時々、私がおちこんで書く文章に、励ましの言葉を書いてくださいました。

　この本は、そんな先生からの私へのメッセージだと、私は思っています。

　目が見えなくなっても、泳ぎ続けた純一君は、私からすれば、うらやましいくらい強く明るい人です。目が見えにくいことを、ぐちぐち考えない、見えなくなっていくことを、絶望しない、周りの人のことを思いやって、自分の悲しみを抑えられる強い人です。

　そして、泳ぐことで、自分をきたえ、夢をつなぎ、夢を夢でなく、実現した人です。そのための練習にたえ、たえず前向きにつき進むパワーのある人です。

　それに比べ、私は、自分の病気がいやになり、何もかもがどうでもよくなってしまって、ただ眠るだけの時がありました。悲しみに沈んで、泣いてばかりの時もありました。自分がいくらがんばっても、誰にもわからないんだと、なげやりになった

時もありました。私は、弱くて、弱くて、体だけでなく心までも病気になりそうなくらいの弱虫でした。

でも、今、「私だって、強くなるぞ」と思えるのです。

純一君が、目が見えないため、ターンに失敗して、頭をプールの壁に何度ぶつけても、がんばったように、私もがんばらないといけないと思えるのです。

純一君には、「なんでもいい、やりたいものを見つける、一つの目標を持つことで、その子が生きていく自信がめばえてくるのでは」という考えの先生と両親がいました。

私にも、私のやりたいことをやらせてあげようと支えてくれる両親がいます。私は、将来、子供に優しさをあたえられるような童話作家になりたいという夢があります。純一君がエンデのモモに、優しさを見いだしたように、私もそんな本を書きたいのです。

私は字を書くことでしか、自分の考えを表現できません。でも、いろんな事をいつも感じ、考えているのです。病気でしゃべることができない私にしか、書けないものがあると思うのです。いろんな立場の人を勇気づけられるような本を書くという夢を実現するため、私は、今、勉強しているのです。

「自分のことも自分でできないくせに」と思われる人もいるでしょうが、これが私の病気なのです。母に介助してもらわないと書くことすらできないのですが、考えて、書いているのは私なので、私が書いているのです。

自立とは、自分の力で何でもすることですが、それは健常者の考えであって、重い障害のある人にとっては、自分で考えて、

選ぶことですら、自立なのです。障害のある人が障害を乗り越えて、健常者と同じことをするのがすばらしいという考えは、健常者の発想です。

　純一君も、指示棒で頭をたたいてターンを知らせてくれる専任のコーチを認めてもらえなくて、悔しい思いをしてきました。

　パラリンピックですらそうなのですから、ふつうの生活では、健常者の発想があたりまえなのでしょう。でも、世の中がもっと優しくなってきて、障害者の立場にたてる人がもっと増えれば、私の考えもわかってもらえることでしょう。「夢をあきらめることは僕にとって屈辱的なことなのです」と、純一君が言ったように、障害のある人みんながそういうように言える世の中がくればいいなと思います。

村石先生のコメント
　作品の登場人物の姿を自分の姿と重ね合わせることによって、迫力ある、訴える力の強い作品になりました。読書をきっかけとして、冷静に自分自身を見つめ直すことができる、さらにそれを自分の言葉で表現する、みおさんの「夢をつなぐ」姿に思わず声援を送りたくなりました。

中学2年生―国語の授業

　クラス担任として、小川先生が来てくれ、国語を教えてもらえるようになりました。中学校での国語の勉強は、小学校でし

てきたこととぜんぜん違っていて、文法もプリントを使って詳しく勉強し、漢文も古文も短歌もたくさんの漢字も覚えなければならなくなり、充実していて楽しくて、1時間1時間があっという間に過ぎていって、チャイムがなっても延長で、いつも次の先生に「まだやっているのですか」と、言われ続けていました。

　先生から、「どう思う？」と言われてさっと思うことを書く時の楽しさは、1対1でしか味わえないものだと思います。

　私は、昔から詩をよく書いていたので、いくらでも書けるし、読書が好きなので、読解には自信があったのですが、漢字は手を動かして、難しい字を書くのが苦手で、同音異義語で変な字を当てて、先生に笑われてしまうという、けっこうドジぶりを発揮していました。例えば、「危機一髪」を「危機一発」、「文明開化」を「文明開花」と書くので、先生は、テストの丸つけをしていて、「名前を見なくても、みおちゃんの答案はわかるよ」と言われていました。私は、日本語にてこずっている外国人のように自分のことを感じていました。でも、国語が好きで好きで――

　何でもわかってくれる小川先生も大好きでした。この頃から、私はこの自叙伝の中の詩を書き始めていくのでした。

同じ病気の友へ

　2年ぶり　あなたを見た時

第3章　中学校時代

「進行性の病気」という　医者の言葉が　頭にうかびました

あなたの顔から笑顔は去り
大きな瞳だけが　じっと私を見つめていました

言葉なく　いっしょに過ごし
おぼれそうな　あなたを思い
何もできない自分を　のろいました

一日一日　一生懸命過ごしているのに
病気は　あなたを　のみこもうと
音もなく　忍び寄っているのです
ほかの人には　わからなくても
同じ病気の私だから　わかるのです

あなたは　笑顔といっしょに
やる気まで　どこかへ置いてきて
何も感じなくなったように
心を閉ざして　しまっていました
あまりの　つらさを
ごまかそうと　するように

しゃべれない　わかってもらえない悲しみ
体が思い通り動かせないつらさ
泣くことも　笑うことも

何もかも　できなくなり
じっと　見つめるだけ……それがこの病気なのです

私も　いつか　あなたのようになるのでしょうか

いいえ　私は　たたかう
こんな病気に　負けはしない
目標を持って　生きていくだけ
笑い　泣き　生きていく

あなたの分まで　強くなろう
それが　私にできる　ただひとつ

中学校

そこにいるのは　希望に輝く
未来が開けている子達だと　思っていた
楽しそうに　語り合って
共に過ごす３年間
うらやましく　ねたましい想い

でも　行き場のない
やる気のない子達が
保健室　集(つど)っていた

第3章　中学校時代

病気で未来のない私より
病んだ顔して

どうして　彼らは　あんなに　投げやりなのか
おそろいの茶髪が　保健室を　うずめている
健康に恵まれているのに
何かを求めて　探している

教室では　少しでも　おもしろい遊びを求め
試している子達

いつも　同じようなことをして
先生を　困らせている

どうして　もっと　真剣に生きないの？
いつ襲ってくるかわからない　病気がないから
どうして　もっと　喜べないの？
元気に走り回りたくても走れないなんて　わからないから

読書感想文

　夏休みの宿題の読書感想文を、私は怒りながら一気に書きあげて提出しました。それが中学校で選ばれるなんて思ってもいなかったし、T市で優秀賞に選ばれるなんて思ってもいませんでした。作者を批判した感想文は、感想文コンクールには不向

きだと思うのですが、私は自分の書きたいことを書くという主義なので、短時間で書いただけでした。

『五体不満足』を読んで

　私がこの本を読んだのは、この本は障害者が書いたもので、その上ベストセラーになった話題の本だったからです。まず、表紙の写真を見て驚き、作者紹介の写真を見て驚きました。

　中身を読んでいく内に、「なんだ、彼は、手足がなくてもやっていける上に、人一倍たっしゃな口があって、そんなに不自由しないじゃないか」と思えました。『五体不満足』は形の上だけで、私の方がよほど五体不満足だなぁ、と思い、人は見かけで判断できないものだと思いました。彼は、「自分を障害者だと意識せず、二十歳を超えるまできた」とありますが、それは、彼にコミュニケーション障害がないから、そう言えるのだと思います。

　自分の言いたいことを伝えられないもどかしさや悲しみを感じたり、それがずっと続くことによるあきらめを経験した者でしかわからない障害者の気持ちを、彼は知らないからなんです。そのくらい、彼の障害は軽いと言えると思うのです。

　自分が急にしゃべれなくなって、手も思うように使えなくなれば、そんなこと言っていられなくなります。自分がわかっているということを、わかってもらう手段がなければ、生きていくことも、いやになってしまいます。

　私が、そうでした。とても怖くて、どうしたらいいかわからない日々が続きました。それまで出ていた言葉が、どうしても

第3章　中学校時代

出てこないという恐怖にうちのめされました。ただ、泣くだけ、ただ眠るだけの毎日。人から見れば、「指しゃぶりをして、フラフラ歩いてるだけのお人形さんのような女の子」だったはずです。

　私は、口もきけない、手も思い通りに使えないこの病気を恨んでいます。おまけに進行するといわれている病気を意識せずにはおれません。乙武さんとは違うとしか言えません。

　乙武さんは、小学校に入って、電動車椅子に乗るのを担任の先生に禁止されたことを「よかった」と評価していますが、本当に子供の時、そう思っていたのでしょうか。特に朝礼の時、みんなに追い抜かされて、広い校庭で取り残されて「本当に平気だったのかな」と思わずにはいられません。

　私も、普通小学校に入って、一年生の初めごろ、介助員さんと二人だけ校庭に取り残されていて、すごく心細くていやな思いをしたことがあるから、そう思ったのです。「どうしてみんなといっしょに行進して教室にはいれないのだろう」と思っていたのですが、幼稚園の先生から、「この子は、フラフラ歩きが好きなんです」と聞いていた担任の先生の善意で、取り残されていたのです。母が朝礼の様子を見学するまで、そのことは続いていました。

　この本で、「高木先生は、『普通、障害児の親というのは学校に対して、『ああしろ、こうしろ』と要求ばかりしてしまいがちだが、乙武のお母さんは決してそんなことをせず、すべてを私に任せてくれていたので、非常にやりやすかった』と話している。」とありますが、この本を読んだ先生が、同じようにさ

れたら、ひどい事になると思います。障害児でも、いろいろの障害の子がいて、普通の子と全く同じにさせるという担任にお任せしたらどうなるでしょう。体の弱い障害児をきたえるためという名目で、雨の中でも体育をさせたらどうなるでしょう。

障害児は、みんな同じで、一つの「障害児」という言葉でくくれるものではなく、みんなひとりひとり、違うのです。

「障害児の親が過保護になる要因としては、『かわいい』と言う気持ちよりも、『かわいそう』という気持ちの方が強いように思う。親が子どものことを『かわいそう』と思ってしまえば、子どもはそのことを敏感に感じ取るだろう、そして、『自分は、やっぱりかわいそうな人間なんだ』と、後ろ向きの人生を歩みかねない」とありますが、そんなことで後ろ向きに生きるでしょうか。みんな、病気と闘い必死に生きています。だれもあわれみなんてほしくないと思います。それより、障害者の置かれている社会的状況の方が、「かわいそう」だと思いませんか。

教育一つとっても、日本だけが分離教育で、どんなに普通教育を受けたいと望んでも、障害児だという理由だけで、小学校にも、いえ、ひどい県では、幼稚園でさえ、受け入れてもらえないという事実があるのです。また、アメリカの障害者がおしゃれして、コンサートに行ったりしているのも、道路、乗り物、建物、トイレといった面で、外に出られるような環境だから、出られるのです。「心のバリアフリー」より実際のバリアフリーを、私は求めたいです。

こうして、自分のことを認めてもらえる先生と出会って、私

は、やる気を出して何にでも取り組んでいくようになりました。
　また、校長先生も優しい先生で、養護学級に寒さに弱い私のため、ホームごたつを自宅から持ってきてくださって、冬には、こたつで勉強を教えていただけて、信じられないくらいの環境でした。
　社会は、プリントをもらって、テストだけ受けさせてもらっていました。ここでも人名の漢字を間違え、「石田三成」を「石田光成」と書いて、家族に笑われていました。

沖縄へ

　私の出ている抱っこ法のビデオを沖縄のレットちゃんの知り合いのお姉さんが琉球大学の授業で見たということから、まこちゃんとお母さん、そのお姉さんのお母さんの３人が家に来られました。沖縄では、本島に５人位のレットちゃんがいるけれど、情報がなく、コミュニケーションのとれる子がいるなんて思ってもいなかったので、ぜひみおちゃんの話をしに来てほしい、と頼まれたので、一大決心をして行くことにしました。次の紀行文は、その時のものです。

2000年３月21日
沖縄に行って
　沖縄、遠い海の向こうに暖かく優しい海の匂いをのせた風が吹く土地があった。それが沖縄。

レット症候群という病気にどうしたらいいかわからなかったまこちゃんのお母さんが、私の家まで訪ねて来てから７カ月。
　私達一家は、私の病気の引き金となった「飛行機に乗る」というタブーを破ってまで、学校を休んでまで、沖縄に引き寄せられるようにして、出発した。
　ママは、私の今までのことを話す用意をして、写真とビデオと私の書いた作文を１カ所にまとめ、私は「飛行機に乗っても絶対泣かない」という決意を胸に、空港へ。
　飛行機に乗る時、さっそくママがスチュワーデスさんに熱いおしぼりを紙コップに入れたのをお願いする。私の耳痛対策だ。12年ぶりの飛行機の機内に座るだけでドキドキだ。「もうすぐ出発」と思うと、怖くて怖くて何が何だかわからなくなって泣いていた自分と今の自分が重なってくる。隣の席のママがグミを私の口へ入れにくる。パパとママが紙コップのおしぼりを私の耳に当てる。「ほわっと耳に温かい空気」と思ううち、動いている。滑走路を走っている。スクリーンに映っているのをちらっと見る。「もうすぐみたい」と思って覚悟する。
　すると、Ｕターンして、元の所へ戻りだした。「油圧系統に故障が発見されたため、すぐ修理しますので、そのままお席でお待ちください」とアナウンス。「こわいなぁ」と思い、キャンディーをかむ。ママが、カナダへ行きしなの飛行機の怖かった話をする。よけい怖くなる。スクリーンには、飛行機に群がって動く車と人が映っている。大慌てのようだ。飛行機の中では、何事もないかのような平静さが漂っている。でも、それも奇妙だと思えるのだが……

第3章　中学校時代

　やがて、飛行機がまた動き出した。40分たってからだった。「飛行機が離陸します」というアナウンス。故障の原因も言っていたようだが、私は熱いおしぼりの入った紙コップを耳にあてられ、いよいよという恐怖と闘っていた。
「ゴー」という音と共に「飛んでいる」という実感。ほっとして見ると、スクリーンには海が映っている。パパが私の耳に音楽のイヤホンをしてくれる。いつも聞いている「ジェットストリーム」の音楽が耳に心地良い。ゴーッという音から脱出できたようだ。機内での2時間の予定は、実際3時間近くになり、海ばかりがスクリーンに映し出されて、やっと沖縄に着いた。着陸の時も耳におしぼりをあて、無事だった。ママは途中眠っていて気持ちよさそうだった。私は眠れないんだけど……
　空港でかんたんにお弁当を買って、すぐホテルへ。「あったかいね」と、みんなが言っていた。空港に戦闘機が並んでいるのを見て、パパが「やっぱり沖縄やな。あれ見てみ」と、言った。基地の町沖縄なんだ。
　ホテルに着くと大慌てで昼食をとる。何しろ、飛行機は40分遅れたので、まこちゃんの来る2時まで　あと少ししかない。それにしても、みんなよく食べるなぁ。私も、食欲ないはずだったんだけど……
「暑い暑い」と言って、全員　半袖のTシャツに着替え、身軽になってロビーへ行く。「まこちゃん、大きくなったって聞いてるけど、どうなってるかなぁ。もう来てるかな。ちょっとはずかしいなぁ」と思いながら、ロビーを捜す。ぐるっと歩いたけど、いない。2時を過ぎてるはずなのに、会えないのかな

ぁと思って、イスに座ったとたん、まこちゃんとお母さんが、不意に現れた。びっくりして、止まってしまった。

まこちゃんと顔を見合わせて、挨拶して、まこちゃんがちゃんと覚えていてくれたのがわかった。

これから首里城へ案内してくれるそうだ。大きなワゴン車がホテルの玄関に横付けされた。車の中には、飲み物も用意されていたし、至れり尽くせりだ。みんなが車だから、道路は何車線もあるのに、あちこちで渋滞している。それでいて、ゆったり車が流れているのが関西と違うところだ。どうしてかなぁ。

首里城までなかなか遠い。一車線になり、もうすぐという所では、観光バスが多くなった。バスは大きな車体で道路からはみ出しそうになりながら、車をかわしている。どこまでゆっくり行くのだろうと思っていると大きな駐車場が見えた。運転してくれたおじさんは、そこで待っていてくれるらしい。まこちゃんとお母さんと私達一家４人は、地上へ進む。土産物屋さんの前を通って首里城へ。まこちゃんのお母さんが「どっちかな」と言う。関西人のパパが「こっちや、こっちや」と先に立つ。これって反対でおもしろい。まこちゃんのお母さんは、ここに小学校の遠足で一度だけ来たらしい。そういうのって、観光地ではよくあることだ。例えば、関西の人が近くの観光地を案内できるほど知っていないとも言える。

お城の門のところに民族衣装を着たきれいな女の人が立っている。「いっしょに写真を撮ろう」と誘っている。3000円とか3500円とか言っていた。高いからびっくりして、みんなで逃げるように先へ急いだ。観光客の団体さんといっしょになると、

第3章　中学校時代

写真もゆっくり撮れなくなる。団体さんの波をかわしながら中へ進む。

テレビでやっていた「琉球の風」を思い出しながらお城の中を歩いていると、人形が隅に立っている。「すごいな。雰囲気を盛り上げるのに、ここまでするのか」と思っていると、動いたのだ。彼は人形ではなく人間だった。あちこちに同じ人形が立っていると思っていたのだが、よく似た人間だった。同じ衣装、同じような顔立ち、同じような背の高さの「人」だった。それが威圧感を与えることなく空気のように存在しているのだ。そのことに気付いてからは、あちこちで彼らを見て感心していた。

それにしても拝観するのになんと階段の多いことか。私もまこちゃんも階段にはうんざりだ。まこちゃんは、それとなく私の姉の舞ちゃんの前にまわっては　笑顔で腕を広げて抱っこをせがんでいる。そのうち、誰にも抱っこしてもらえないので「ねむいよう」と言って、ぐずりだした。ママは、車イス用のエレベーターに私達が乗れるように頼んでくれた。階段になると「助けて」と言いたくなる人間がいることも、少しは考えてほしいなぁ。

まこちゃんは、「レットはしゃべれない」と言われているが、ちゃんと普通にしゃべっていた。「レットはしゃべれない」と言われているから、多くの人がキャッチできないだけだ。何かすごく言いたい時は、しゃべるんだけど、気付いてもらえないと次からは言いたくなくなってくる。リラックスしている時しか、しゃべれないから、「レットはしゃべれない」と言われる

のだろう。
　その点、私の家族は、私の早口で時たまの言葉に慣れているので、みんな、まこちゃんの言葉をキャッチできた。「さすがだな」と思った。
　最後に思いっきりすごい石段が出てきて「もうダメ」と思った時、パパがまこちゃんを抱っこして、ひょいひょいと石段を下りだした。まこちゃんのうれしそうな顔は、今も思い出すと、こちらまで笑ってしまうくらいだ。私は、ママと舞ちゃんに手をつないでもらったけど、ママがよろけて、まこちゃんのお母さんに支えてもらうハプニングがあって、こわごわ下りていった。無事駐車場に着いて、ほっとした。
　運転してくれていたおじさんが、今までずっと待っていてくれたのかと思うと、「おじさんに悪かったな。もっとはやくするべきだったのに」と思った。もうホテルに帰るかと思っていたら、車は、国際通りを通って、公設市場の入り口へ。そこで私達を降ろすと、おじさんが車に乗ってどこかへ行ってしまった。まこちゃんのお母さんが市場を見せてくれるという。パパは、さっそく沖縄らしい半袖のTシャツを買って、「安い、安い、消費税もない」と言って喜んでいた。ママは、南国の果物をものほしそうに見ていた。「どこまで歩くのかなぁ」と思いながら歩いていると、後ろでまこちゃんの、「つまんないよう」という声が聞こえてきた。また、まこちゃん、しゃべった。でも、お母さんは気がつかなかったみたい。うちの家族は、ちゃんとキャッチ。まこちゃんからすれば、本当につまんないよね。見慣れた市場だもの。私は魚屋さんの、でっかい青や赤の魚が

第3章　中学校時代

きれいで、「まるで水族館の魚みたい」と、びっくりしていたし、豚の足やお面のような豚の頭を見て、「こんなものまで売ってるんだ」と感心して、結構楽しかったけど、それが当たり前なら、やっぱりまこちゃんと同じ意見になっただろう。

　最後に、タンカンを試食して、パパに1袋買ってもらったけど、すごく甘くておいしかった。まこちゃんのお母さんに沖縄のバナナを買ってもらい、運転してくれていたおじさんにマンゴーを買ってもらい、果物がいっぱいになった。実り豊かな沖縄、大好き。

　翌朝、お迎えの電話でロビーに行くと、ぜんぜん知らない女の人が立っていて、びっくり。ちょっと不安を感じながら、車に乗った。まさか、私達一家4人を誘拐するほどの変人はいないだろう。出発して、初めて、まこちゃんと同じクラスの子のお母さんだということがわかった。那覇から糸満市までスクールバスで通っているらしい。南国らしいシュロの木立を見ながら、けっこうママは楽しそうに話している。

　30分ほどして、かわいい幼稚園に似た建物に到着。児童館らしく、図書室には子供向けの本がたくさん並び、かわいい雰囲気がいっぱいだった。そこへまこちゃんのお母さんが来て、会場準備をしだす。ママとパパはビデオの用意にかかり、舞ちゃんはパイプイスを並べる手伝い。私とまこちゃんだけ暇で、「何をしてればいいの」と思っていた。

　準備が終わった頃に、理子ちゃんという24歳のお姉さんが、先生達といっしょに来た。「靴を自分で脱いで、靴箱にいれた」と、ママから聞いた。その頃からたくさんの女の人が来て、会

場がいっぱいになった。

　私は、初めに紹介されて、その後、舞ちゃんと図書室でいることになっていたけど、だんだん緊張してきて、見られるのが嫌になっていた。ママは平気そう。時間を気にして、時計を何度も見ていた。

　まこちゃんのお母さんに紹介され、私はやれやれ図書室へ。舞ちゃんといっしょにいると、一見してレットとわかる子とお母さんが入ってきた。美子ちゃんという子だ。私と同じ年齢だという。歩くのがやっとという感じの子だ。初めての所に来ているはずなのに、うれしそうだった。話ができればいっぱい話すのに、話せなくて残念だ。お互い相手を見るだけだったけど、共通の辛さを持った者同士、いっしょの時を過ごせて良かったと思う。時々向こうの部屋のざわめきが聞こえる。今度は春ちゃんとお母さんが来た。やはり私と同じ年齢だ。割に上手に歩いていた。舞ちゃんからクッキーをもらって食べて時間つぶしをした。春ちゃんもまこちゃんのお母さんに食べさせてもらっていた。お母さんが向こうへ行っても、けっこう平気だった。私は、「はやく終わってほしいな」とばかり思っていた。

　しばらくして、マイクでママの声が聞こえてきたので、ぞっとした。今度はパパが私を連れに来た。「えっ、話がちがうよ。私は終わるまで図書室で待ってるはずだったのよ」と思ったけど、遅かった。

　みんなの前で、鉛筆を持たされて、「何か書いて」と言われた。お母さん達が、私の作文を聞いて、泣いてくれたので、「わかっていることを、わかってくれて、ありがとう。うれし

第3章　中学校時代

い」と大きくきたない字で、みんなによくわかるように書いた。たくさんの人が注目している前で書くのは、とてもたいへんだった。緊張すると書けなくなる病気なんだから。

　理子ちゃん、美子ちゃん、春ちゃん、まこちゃん、そして1日前にレットと言われた奈美ちゃんの分も、私ががんばって書こうと思って書いた。

　奈美ちゃんは、2歳だから、これからわかっているのだと思ってもらえれば、すごくいい環境になるし、まこちゃんにとってもそうだ。ママが、「この子達は、みんなわかっているんです。ただ　それを表現できない病気なので、わかっていると思って話しかけてください」と言った時、春ちゃんが立ち上がって、お母さんに訴えかけるように「ウー」と言った。お母さんをじっと見つめ、「そうよ。私、わかっているのよ」と言っているみたいだった。まこちゃんは、「アーン」と泣いた。まこちゃんも「そうよ、わかっているのよ」と言ってるみたいだった。一番大きい理子ちゃんは、つきそいの先生の顔をにらみつけていた。ママは、みんなに、「ほら、春ちゃんはお母さんに『ちゃんとわかっているのよ』と言ったでしょ。今の反応はそうですよ」と言ったら、春ちゃんのお母さんは、また泣いていた。その近くに座っていたおばさんも泣いていたし、たくさんの人が泣いていた。うなずいてくれる人もいるし、そこには、「レットは、表現できにくい病気だけど、わかっているんだ」ということを理解してくれた人々の温かい空気がただよった。私はそれを感じた時、飛行機の怖さをなんとか乗り越えて、はるばる沖縄まで来たかいがあったなと思った。

また、質問コーナーで、アンジェルマン症候群のことを聞かれた時、ママがH市のアンジェルマン症候群の子のお母さんのことを知っていたので、連絡がとれるようにするという役までできて、本当に良かったと思う。終わってトイレに行った時、春ちゃんの近くで泣いていたおばさんに会って、「自分には寝たきりの20歳のレットの子がいますが、これからもっと話しかけます。本当に今日　お会いできて良かった。わかっていることがわかって、うれしいです」と言われた。「いっぱいレットがいて、みんな、わかっていることもわかってもらえなくて、悲しかったんだと思うと、私は早く本を書かないといけないな」と思った。

　12時半ごろ終わって、お昼をまこちゃんとお母さん、春ちゃんとお母さん、私達一家4人でいっしょに食べた。みんな少ししか食べなくて、私だけが一人前定食を食べていた。「レットって少食なの？」と思った。

　食後、昨日運転してくれたおじさんの運転で、ひめゆりの塔、資料館など南部観光に行った。

　資料館で、当時ひめゆり隊の女学生だった女性が、当時の様子を興味ありそうな人に一生懸命、話していた。ママが熱心に聴いていた。ガマの前に立つと、そこで亡くなった人のことが思い起こされて、怖くなった。悲しい歌が流れていた。「もっと生きたかっただろうな。死ぬ前に家族に会いたかったろうな」と思うと、今、自分達が平和に暮らせていることが、この人達の犠牲の上にあるように思え、悲しくなった。「誰よりも平和を願ったのは、この人達だ。この人達の願いを無駄にしな

第3章　中学校時代

いような平和な世界を作っていくのは、今生きている私達しかないのだ」と思った。

　みんなで平和記念公園を優しい風に押されながら歩くのは、ステキだ。ここが激戦地で、たくさんの人がここで亡くなったなんて考えられないくらいだ。バオバブの木のような大きな木の下で、3人のレットが写真のモデルになった。不思議な気持ちだった。

　資料館では、手りゅう弾が印象的だった。こんな小さなもので死んだのかと思うと、人間の命がどんなに粗末に扱われていたかがよくわかる。

　最後にひめゆりパークに行き、花やサボテンを見て、救われたように思えた。ずっと戦争という重いものを見てきたので、自然の恵みがありがたかった。汽車に乗っての一周は楽だったし、アイスクリームはおいしかった。

　その後、玉泉洞に連れていってくれたが、雨が激しく降ってきたのと、ゆっくり見る時間がないので、夕食会の会場に少し早めに連れて行ってもらった。私達一行の他に、今朝会ったたくさんの人が来てくれて、いっしょに話をしながら食事をした。奈美ちゃんも来たので、レットが4人になった。「沖縄のレットが仲良くこれからも結束してやっていけたらいいな」と思った。「私も、たまには入れてほしいな。1年に1度か2年に1度でも　ここに来たいな」と思った。沖縄の人の優しさが時間を忘れさせたように、すぐ夜の10時になっていた。ホテルには、まこちゃんのお父さんが北海道から帰って来てすぐ送ってくれた。

翌日　雨。もう帰るんだと思うと、あっという間の事が全て消え去るんじゃないかと思え、悲しくなってきた。空港まで、まこちゃんのお父さんの運転で送ってもらったが渋滞がかえっていっしょにいられる時間を伸ばしてくれてるように思えて、気持ちよかった。慌ただしくいっしょに食事して、慌ただしく別れて……「もう帰るからねと言うと、まこちゃんが顔をしかめたよ」とママが言った。私だって、別れるの嫌だった。
　飛行機の時間に追われるように別れ、機内へ。帰りの飛行機はよくゆれて、「何度乗っても怖いんだ」と思った。もちろん両耳は熱いおしぼりの入った紙コップがあてられていたけど。
　無事、家に帰って思うことは、出会いの不思議だ。私が抱っこ法のビデオに出たから、まこちゃんのお母さんがそれを見て、私の家に電話があったこと。まこちゃんとお母さんがうちの家に来たこと。そして、一家全員、沖縄に行きたくなったこと。これらがなければ、多分私は飛行機が怖くて、沖縄にもどこへも行っていなかっただろう。
　優しい風の吹く沖縄は、そのまま沖縄の人々の優しさだ。ハイビスカスが年中咲く暖かい島は、私の心のふるさとだ。何度でも行きたい、やすらぎの場所を得て、私は一回り成長できたと思う。
　ありがとう　優しさを　私の沖縄

　その後、お母さんによく怒って、ヒステリー発作を起こしていた春ちゃんは、怒ることもなくなり穏やかになって、まこちゃんは、元気に運動もできる子になり、アンジェルマンの男の

第3章　中学校時代

沖縄に行って　喜屋武岬にて

子は、お母さんが一生懸命に字を教えて、字が書けるようになりました。2012年4月、沖縄から白い羽織袴で正装した、立派な青年になったアンジェルマンの男の子の成人式の写真が送られてきました。手には扇子があり、しっかりした目線の好青年にご両親の愛情が感じられ、我が家では、ずっとその写真を飾ってみんなでいっしょに喜んでいました。今度はまこちゃんの成人式だから、いっしょにお祝いしようと思います。

中学3年生―判定不能

　中学3年生は、中間、期末テストの他に実力テストがあり、テストテストという感じで、体力のない私は宿題だけで精一杯で、いつもしんどいなぁと思っていました。進研ゼミも提出しないといけないし、自分で決めたきまりは守らないと、と思っていました。
　養護学級担任の先生が替わり、国語の先生になったので、私に教えてくれる国語の先生も小川先生から大木先生に替わりました。何でも聞いてくれる優しさにひかれ、私のことをわかってくれる先生がまたひとり増えて良かったなぁと思えました。私は、『万葉集』がすっかり好きになり、先生から犬養孝先生の『万葉の旅』という本をお借りして背景がわかると、もっと万葉集のことを勉強したいという気持ちと、あの時代に生きた人々のことも調べたいという気持ちを、ずっと持ち続けることになりました。そして、高校を卒業し、大学で何を学びたいかということになった時、『万葉集』以外考えられなくなったのです。中学校での『万葉集』との出会いが、私の中に種がまかれ、その興味を高校で大きく育て、大学で論文として採り上げることになったのだと思えます。

障害があるということ①
　私は、ひとりでは何もできない病気なので、進路について、

第3章　中学校時代

人並みにはいかないのはわかっていましたが、自分の希望ぐらい聞いてもらえるのではないかと、ほんの少しだけ思う時もありました。たとえば、定時制単位制高校はどうだろうか、と聞いた時、当時の養護担当の先生に、怒った口調で、「判定不能です。とんでもない」と言われ、私の頭の中では、「どんなに一生懸命しても私は判定不能でしかないのだ」という考えがグルグル回って、やりきれない思いでいっぱいになってしまいました。

次に通信制高校の進学を考えて、両親が、相談に行って問い合わせた時は、「うちは、やる気さえあれば誰でもどうぞ。介助もお母さんでいいですよ。テストも別室でうければいい」と言ってくれ、1年に1回7泊8日のスクーリングに行くだけで単位がとれるということだったので、面接に行き、スクーリングの話を聞き、入学願書をもらってきました。

ところが、翌日父が、洋式トイレがあるかどうかを電話で問い合わせると、「トイレは和洋半々ありますが、お子さんは、90分間じっと座っていられますか。途中退室は欠席扱いになりますから。うちは、養護学校と違って、個別対応できませんから」と言われ、学校の先生に相談したら、「やめとくほうがいいよ。体の具合が悪くなった子への配慮がないなんて、みおちゃんには合わないよ」と言われ、「やめよう」と決めて、願書を出さずにおいたところ、1月23日に向こうから電話がかかってきて、「お母さんの介助で試験というのはどうも……。こちらで3つほど答えを用意しておいて、みおちゃんに選んでもらうとかの方法はとれませんか」と言われ、「どうして中学校の

先生に聞いてもらえないのですか。1対1で教えてもらっているのですから、わかってくださってますよ。お医者さんの手紙に書かれていませんか」と母が言うと、「何しろ初めてなもので、それでしたらしかたがないです」といわれたので、「90分間じっと座っていられるかどうかということですが、途中で気分が悪くなる子はいないのですか。保健室はないのですか」と聞くと、「保健室はありません。空いている部屋はありますが」という答えで、この時、はっきりここはダメだと母は思い、私も、「かなりひどいところだな」という印象を持って、やめることにしました。

学校の先生にそのことを言うと、「人権に配慮してたら、職員室を作る前に、まず保健室を作るはずなのに。それがないなんて、考えられへん。あそこはあんまり良くないという噂を聞くよ。みおちゃんやめとき」とも言われ、3人の先生全員が、「やめとき」と一致したので、そこに行くのはやめて、以前からしている進研ゼミの高校講座をすることにして、本を書くことにしました。

ひとりで何もできない病気が、進学において、ものすごい障害であるということがはっきり見えて、悔しくて「いつかこの気持ちをはらすため、がんばるぞ」と心に決めました。

障害があるということ②

たとえば、父親の転勤で、X県からY県に引っ越したゆいちゃんは、地元の小学校の病弱児クラスに席を置き、お姉ちゃんといっしょに毎日がんばって学校に通っていました。通級制

第3章　中学校時代

ではあっても、友達もでき、いろんなことにチャレンジしていたのに、Y県ではどんなに望んでも、前の学校の校長先生からもお願いしてもらっても、地元の小学校には入れず、養護学校に転校せざるをえませんでした。

　久しぶりに会った時、ゆいちゃんは、悲しみをこらえることができないで、大きな目から涙があふれて、声をあげて泣き出してしまいました。私の母との筆談で、「おもしろくない。Xのときは、おともだちがいて　たのしかったけど、ぜんぜんおもしろくない」と書きました。

　私には、ゆいちゃんの気持ちが痛いほどわかります。私も一度、肢体不自由児の養護学校に転校したことがあるからです。そこは静かで、普通小学校とは違う別世界です。友達からの働きかけのない、何とも言えない世界です。それまで、友達と楽しく遊んできた者にとっては、何のおもしろみもないものです。そこでは、手が使えない病気なのに、無理に手を使わせようとする工作ばかりで、私達レットには、苦痛でしかないことばかりさせられるのです。

　私には、ゆいちゃんをなぐさめることはできませんでした。そういう制度なんだとあきらめるしかないのでしょうか。

　私の母は、普通小学校でも高学年になると、いじめられる話をしました。まして、普通小学校に転校して、今までにない変わった病気だから、みんなに理解してもらうのに、どれだけ苦労が待ち受けているかという話をしました。

　でも、本当にそうでしょうか。その子の望む学校へ、温かく受け入れてくれる制度と、優しい指導力のある先生がいてくれ

れば、そんなこと考えなくてすむのじゃないでしょうか。

　障害児であるというだけで、ゆいちゃんは、これからもずっと、我慢し続けないといけないのでしょうか。何も特別のことを望んでいるわけではないのです。今までと同じように、普通の子といっしょにいたいだけなのです。

　地域によって、普通学校へ行ける所と行けない所があるのは、知っています。でも、同じ日本なのに、なぜこのような差があるのかと思ってしまいます。

　障害児でも、いろんな子がいます。養護学校の方が安心していられる子は、養護学校へ行き、普通学校の方がいい子は、普通学校へ行けるようにしてほしいです。障害児でも人間なのですから。

卒業式の日
　冷え性ですぐ熱を出す私には、みんなといっしょの卒業式に出るのは無理だったので、後で卒業証書をもらいに行くことにしていただきました。他にも不登校の子がいるということで、校長室で校長先生から証書を渡してもらいました。その後教室へ案内され、担任の先生、養護担任の先生、音楽の先生、数学の先生から祝っていただき、音楽の先生の歌のプレゼントまでいただいて思いもかけない卒業式が行われました。1対1だからこそ、私が自分の考えで書いているということがわかってもらえたのだと思えるのですが、こんなに温かく接してもらえるのがうれしくて、信じられないくらいでした。

　記念にいただいた切り絵と「困難は分割せよ。あせってはな

第3章　中学校時代

りません。問題を細かく割って1つ1つ地道に片づけていくのです」と書かれた色紙は額に入れて私の部屋に飾ってあります。

　帰り際、校舎の玄関で記念写真を撮っていると、他の先生方もいっしょに入ってくれて、にぎやかな卒業写真ができて、何にも期待していなかった中学校が、こんなにもいい待遇をしてくれるものなのかと、改めて感動したのでした。

高校に行かない理由
　私のやりたい勉強のできる場がなく、親介助でしか表現できない病気への理解がなされないので、これ以上ストレスをためこんでまで、どこかに所属する必要がないと思えたからです。

　普通に考えると、養護学校でしょうけど、小学校3年の3学期だけ行った経験から養護学校では、勉強はできないだろうと思えて、義務教育は終わったからもうこれ以上、行きたくないと思っていました。

　それで、進研ゼミの高校講座を中学から引き続きして、自分で自由に勉強し、市の図書館から自宅に2週間に1度5冊の本を配達してくれる制度を1年前から利用していたので、思う存分、本を読んで、好きな音楽を聴いて過ごそうと思ったのでした。

　司書さんが選んでくれる本は、おもしろく、『ハリーポッター』は、映画化される以前から読んで、「この本おもしろい」と伝えていました。ファンタジーの分野に興味を持ってから、日本のファンタジー作家の本もすごくステキだと思え、図書館の本でいいなと思った本を買ってもらうのですが、どんどん増

えているようです。荻原規子作『空色勾玉』、上橋菜穂子作『狐笛のかなた』、伊藤遊作『鬼の橋』、久保田香里作『氷石』等、日本的な独自の世界や情感豊かな、心がふんわりするような作品が好きです。また、トンケ・ドラフト作『王への手紙』のような冒険小説や帚木蓬生作『聖灰の暗号』のような考えさせられる作品まで、この10年余りに読んだ本は、約2000冊を超えたことでしょう。

　外国の小説もよく読んだのですが、翻訳者の力量により、差が出ることに気付き、上手な翻訳でなければ読む気がしなくなるので、自分も英文和訳する時は細心の注意を払うようになっていきました。このことは、進研ゼミの英語でも、その後も私の中ではひとつのこだわりとしてぴったりの言葉を使うこととなっていったのです。

高校に行かない３年間

　私にとって、本を読んで勉強することが、当たり前のことだったので、高校に行かないから何にも勉強しなくていいなんて考えてもいなかったので、進研ゼミの高校講座の英語と数学と国語をやって、毎月答案も提出する気でいたのでした。ところが、実際提出できたのは、英語だけで、数学は、いきなり説明もわからなく、お手上げ状態となり、国語は古典の文法がだんだんわからなくなり、漢文に至っては、日本語訳するのにどうして過去形に訳すのかがわからず、お手上げとなってしまった

第3章　中学校時代

のです。私の母は、英語しか教えてくれなくて、自分で勉強するといっても、説明してくれる人がいなくて勉強することの難しさが嫌というほどわかった3年間でした。その間、家の建て替えの話が急浮上し、翌年には、引っ越し準備、5カ月間の祖父母宅への引っ越し、新居への引っ越しがあり、私の勉強どころではない時期もありました。

　動作法は、その頃も先生に来ていただいて続けていたので、私の様子を見られた先生が、G養護学校の高等部の訪問での教科学習を勧めてくれたのでした。すでに卒業した年齢の人を対象に訪問してくれる制度ができたので、早めに希望の教科をお願いすればいいということをすごく熱心に勧めてくれました。初めはちょっと尻込みしていた私でしたが、だんだんやってみようかと思うようになっていきました。

　母も嫌そうでしたが、私が退屈そうにしていたため、だんだんその気になってくれたようでした。

　学校側も中野先生から話がいっていたので、初めから訪問で教科と動作法をという要望にそってくれるということで、すんなり話が進んでいきました。中野先生が転勤になったので他の先生になったけれど、何とかなりそうでほっとしました。こちらからは、国語の古典を教えてほしいということと、できれば数学もやりたいと要望していました。

　ちょうどその頃、中学3年生の時のクラス担任の先生と文通していて、受験しようかなと言う話を書くと、内申書を書いて下さるということになり、とんとん拍子で話が進んでいったのでした。

私は、中学の数学の総復習のドリルをしたり、国語の漢字ドリルをして受験に備えていたのですが、実際の入試の問題は小学校低学年レベルで、数学は10分で終わって、遊んでいました。それを見られた先生が高校入試レベルの問題を急きょ持ってきてくださって、やっと入試問題をしたという気になりました。その時、「この先生、いいな。この先生に習いたいな」と思ったのです。国語も簡単で、時間を持て余していました。

　その後、動作法をしてくれるということだったのですが、その先生が、勝手に私に字を書かそうとしたので、その先生ではない先生にPT訓練をしてもらえるようにお願いしました。この病気の子が字を書くには、相手への信頼とリラックスと、話したいことがあるということが必要であって、デリカシーのない人には、かえってストレスになるからです。

第4章　わかってもらえて

19歳の誕生日

3年遅れの高校生—1年生

　G養護学校高等部入学。訪問で週3回、1時間半の授業を受けられるようになったのですが、希望の国語は先生が転勤で受けられなくなり、数学Ⅰ、英語、世界史、自立活動ということでスタートしました。自立活動は月1、2回の訓練を受けることができました。

　ラッキーだったのは、数学Ⅰの先生が入試の時の先生で、すごく熱心で、優しいので、私のやる気が全開して毎回毎回楽しくてしかたがありませんでした。進研ゼミをひとりでする時、できなかったことを、少し説明してもらえたら、何だこうするのかと思えて、あとはどんどん問題を解くだけになりました。テキスト、問題集、進研ゼミをしていて、わからない所を質問すると、すぐ目の前で解いてくれ、私の間違えた所を解説してくれるのが、「すごい先生だ」と思えて、尊敬していました。私の介助をして通訳してくれていた母は、私と先生とのやり取りを見ていて、自分だけわけがわからない状態でいる、とぶつぶつ言っていました。

　世界史では、「海の民とは何か？」と質問し、先生を驚かし、社会科の先生方をまきこんで、驚かしてしまったらしいです。私は、「海の民はバイキングではないだろうか」という仮説を立て、その後も図書館でいろんな本を読み、自分では、それで納得できていたのでいいのですが、テストのために暗記するの

第4章　わかってもらえて

ではなく、いろいろ考える楽しみを見つけ出せた世界史は楽しい教科だなぁと思いました。
　英語のテキストはかんたんだったので、翻訳の日本語をどう表現するのがいいかと考えたり、英語のDVDを鑑賞したりして、楽しく勉強できました。

「ポカホンタス」を観て
　アメリカ先住民とイギリスから来たジョン・スミスとの出会いの場面で、ジョン・スミスが「savage 野蛮人」という言葉をポカホンタスに言って、彼女を怒らせてしまうが、そこで彼女が歌を歌って、反論している。私は、その歌に深く心うたれてしまった。
　彼女達は、あらゆる自然と共に生き、野生の動物と生き、風の声を聞きながら生活している。歌の中で、「Can you～？ Can you～？」と問いかけ、「風の色の絵が描けるか」と、問いかける、そのすばらしさよ。
　黄金を求めて皆殺しをしようとする者と、いったいどちらが「savage」なのだろうか？　人間の心は、どちらが豊かなのだろうか？
　それと同じことが健常者、障害者という言葉にも言えると思う。私達は何もできない哀れな人間だと思われているが、「あなたは、人の心がわかりますか？」「あなたは、優しさを感じることができますか？」「あなたは、落ち葉に感動できますか？」と言いたくなることがある。
　私達は、この厳しい世界では、生きていくのがたいへんだ。

それも、ポカホンタス先住民族と同じだ。
　でも、「別の価値観もあるのですよ」と言いたい。そして、一つの価値観が絶対だと思って押し付けることが、戦いを生むのだとも。この世界から戦争がなくならないのも、それに起因しているのだと、言いたい。

　これは、英語の「ポカホンタス」のDVDを観て書いたものです。ディズニーのアニメですが、心うたれるものでした。
　自立活動は、リラックスできるようにお願いしていて、マッサージや、動作法の躯幹ひねりをしてもらいながら、先生と本の話や映画の話をしていて楽しかったです。最後に、上手に自分で躯幹ひねりできた時は、私と先生のふたりで、「ヤッター」という気持ちになれて、すごくうれしかったです。中塚先生が感激してくれて、うれしくて飛び跳ねたいくらいでした。動作法はずっとしていたので、自分でも満点をつけられるできでした。

　この1年間で、英語の斉藤先生が誠実で、一生懸命本気で質問に答えてくれるすばらしい先生だと思いました。また、どの先生もいろいろ調べてくださったり、他の先生に聞いてくださったりして、答えてくださるのがうれしくて、私は遠慮なく質問できるようになりました。そしてそれは、高等部3年間続き、今までのなぞが解かれ、すっきりできる気持ちよさを味わうことができました。

第4章　わかってもらえて

2年生

　国語の先生は、またしてもいなくて、数学は数Ⅱを勉強することになりました。滝口先生が転勤になったので、別の先生になり、少し退屈しながらでしたが、なんとかこなしていきました。三角関数がおもしろかったです。

　また、美術の先生が来てくれるということで、自分にできる自信が全くなかったのに、とりあえず絵手紙を教えてもらうことになりました。緊張すると手が突っ張り、思ってもいない線を描いたり変な所に色をぬったりするので、絵を描くということにかなりのコンプレックスを持っていた私に、先生は、「何をどんなふうに描いてもいいのよ。変になったと思っても、それはそれで味のあるいい絵になるから、心配しないで」と、アドバイスしてくれ、ささっと見本を描いて見せてくれて、かんたんに描けるように工夫してくれたので、神経質になっていた私でも、少しずつ描くことができるようになったのでした。花が好きなので、庭の花を摘んでおいて、それを描くのを教えてもらいました。やっている内に、だんだん面白くなってきて、色に凝るようになってきたし、大胆に描けるようになってきました。

　小学校で、色ぬりを少しはみだしただけで、先生にしかられていたので、色をぬることが嫌だったけれど、山口先生はいつもほめてくれて自信を与えてくれ、変になった時は、修正してくれ、いつの間にか、私の中のコンプレックスはうすれていって、「私でも　描けるんだ」と思えるようになっていったのです。「いちご」「ポピー」「紫蘭」「ばら」「紫陽花」「セキセイイ

美術の授業　絵手紙を描いて

ンコ」「ぶどう」「彼岸花」「コバルトセージ」「浜菊」「柿」「桜の紅葉」「四つ葉のクローバー」を描きました。

3年生でも、「チューリップ」「柏葉紫陽花(かしわばあじさい)」「百日紅(さるすべり)」「ユリオプスデージー」「ゆり」「ランタナ」「さざんか」「桜」「雪だるま」を描き自分なりの作品を描けて、少しは自信が持てるというか、自分なりの絵手紙が描けて、幸福な気分になれました。この経験が、後に役立ってくれるなんて思ってもいなかったのですが、私の特技になってくれたのでした。

英語は、テキストをすぐ終え、先生が用意してくれた「大陸横断の旅」の読解、短編小説の読解、ALTの英語のリスニン

第4章 わかってもらえて

グをしました。特に外国の食べ物や料理の仕方、習慣に興味を持って、先生に質問すると、先生が自分で食べに行って、教えてくれました。このように英語の授業というより、英語を通して、外国の文化や習慣、料理を学べる楽しい時間でした。

3年でも、O・ヘンリーの「マディソンスクエア・アラビアンナイト」を最後まで読み、いろいろ考えることに夢中になれた授業でした。私も予習しましたが、先生がすごく熱心に調べられていることに、感心してしまいました。

深く文学作品を読むのが楽しくて、こういう高校生活を送れることを予想していなかっただけに、夢のような時を過ごせたと思います。

日本史では、今まで持っていた疑問を先生に質問しました。例えば「縄文と弥生時代の境をはっきり分けることはおかしいのではないか。地理的に見て、山の中では縄文時代の生活が長く続いたのではないか」とか、「古代に日本の国はなかったのではないか」とか「日本列島のどこまでが日本の認識だったのか」との質問に納得いく説明と答えを安田先生にしてもらって、うれしくなりました。それまで、古代史を背景にした小説をたくさん読んできての疑問だったので、中学校の教科書に出てくるように単純に割り切れるものではないだろうと思っていて、すっきりできて、「ああ高校の勉強はおもしろいなぁ」と思えました。また、桃太郎伝説や、地名について、童謡の意味について、江戸の火事、交通など、教科書にない話を先生から教えてもらって、密度の濃い勉強ができたと思っています。「こんなにいい話を私ひとりで聞くなんて、もったいないなぁ」とい

つも思っていました。先生は、本当に話し上手で、楽しかったです。

3年生

　3年生になって、やっと国語の先生が来てくれることになりました。以前からの希望通り、古典を教えてもらえるようになって、和歌、文法、『伊勢物語』『源氏物語』『枕草子』、漢詩、漢字などを、いつも時間の経つのを忘れてのめり込んでいたので、先生も職員会議を遅刻してまで教えてくれていました。谷川先生の用意してくれていたプリントは、ものすごい量で、今見ても、こんなによく勉強したものだと感心してしまいます。私は、特に和歌が好きで、大学で勉強したいと思った動機になったのでした。

　また、進研ゼミの漢文をひとりでしていた時、「英語なら、動詞を過去形にして過去を表すのに、漢文では、書き下し文にする時何か特別な漢字があって過去形に訳すのかなぁ。どうして過去形にしているのかがわからない」という質問に、中国人の奥さんのいる先生に尋ねてくれて、やっと長年の疑問が解けて、すっきりしました。

　中国語は、過去のことを表す言葉がどこかであると、訳す時は過去形で訳すということでした。例えば「きのう」という言葉があれば、何も他に書いてなくても、英語のように動詞が変化することなく、「した」と訳せばいいということがわかりました。だから　中国人は英語で動詞を過去形にするのをよく忘れるということまで説明してもらって、「なぁんだ、そういう

第4章　わかってもらえて

ことだったのか。どうしてそういうことを進研ゼミで説明してくれなかったのか」と思えました。皆にとって、当たり前のことなのか。私だけがこのことに何年も引っかかっていたのだろうか。外国語といえばまず英語、そしてその英語と比較して考えるというのが、私にとっての漢文だったから、このことがわからずに、進められなかったのですが……

谷川先生は、「自分にとっても本当に勉強になった」と言ってくれました。とことん調べてくれて、いろんな人に尋ねてくれて、教えてくれる、本当にいい先生に出会えて、ますます国語が好きになりました。

自立活動は、2年、3年と溝口先生で月1回でしたが、楽しみでした。先生が、「ロックはずして」と言うと、私は、はっと膝をゆるめて立ったり、抜群のユーモアと熱意でバランスの悪さに取り組んでくれたので、私は、PT訓練の良さがわかり、「先生、すごく上手」と思いながらがんばっていました。

卒業式の時に歩行介助をしてもらったのですが、緊張せずに歩くことができました。

このように、高校3年間を充実した勉強の時間にでき、先生方の個性と直接触れることができたことが、意外であり、とても幸福なことだと思えます。すばらしい先生方に感謝の気持ちで温かくなります。小さい時から　ずっと理解してもらえなかったのに、いじめられてばかりだったのに、わかってもらえて、本気で教えてもらえて、私ほどすばらしい高校生活を送れた人間はいないだろうと思えます。こんな病気でも、理解してもら

えるのだと思えることは、人間を信頼できることにつながって、それが生きる力となっていくのでしょう。

　ところが、20歳になった時書いた詩は、暗く悲しいものでした。今から考えると、どうしてそんなに悲観していたの、こんなに恵まれていながら、と思えるのですが。

二十歳によせて

　二十年　生かされてきたことを　感謝すべきでしょうか
　自分ひとりで　何もできない病気でも

　大人になったと言われても
　大人らしくしようと思っても
　赤ちゃんと同じ　何もかも　人に頼って生きているのです

　もう　二十歳だからと言われたら
　つらくても　泣くことも　できなくなってしまいます
　赤ちゃんと同じ行為しか　できないから

　こんな私に　生きる意義があるだろうか
　そう考えて　落ち込む時もあります

　物語のような　恋も関係なく　素通りしてしまうでしょう
　自由に　友達と旅行する楽しみもなく

第4章　わかってもらえて

時は過ぎていくでしょう

そして　いつの間にか
ああ　こんな歳になったと思うぐらい生きれば　幸福なのか
惜しまれて　死ねば　幸福なのか

やがて　私の思うことを
誰も知らない時が来るでしょう

大人になるということは
その時の来るのを　予言しているようで
私にとっては　怖いことだと言えるでしょう

いつまで　生かされるのか
私のするべきことは何か
ずっと　考えています

死とは

重い病気の人間にとって
死とは　苦しみからの解放なのです
その死を悲しんだりせず　喜んであげてください
もう　苦しまないで　良いのだから

生きている限り　闘わねばならないけれど
死は　救いでもあるのです
自由　やすらぎ　解放
もうこれ以上苦しまなくていいという
神様からの　お許しなのです

どうぞ　悲しまないでください
あなたの悲しみで
死者はやすらぎを　得られなくなるでしょう
これ以上　苦しめることのないよう　喜んであげてください

大学進学

　大学で国文学を勉強したいと思っていたので、通信教育でできる大学をインターネットで探してもらいました。特に魅力ある開講科目のある東洋大学を選んで、担任の先生に相談し、私でも受け入れてもらえるのかを相談会で聞いてきてもらって、すぐ決定しました。したい科目だけをとれる科目等履修生のコースを選び、文学部日本文化学科に在籍できるようになりました。こうして、2007年4月、私は簡単に大学生になれました。今までで一番何の問題もなく、自分次第でできる環境になれたのが驚きでした。高校からの書類と入学願書を出すだけで、障害があるからダメとは言われませんでした。
　私は、東京の大学まで行けないため、全部の課題を自宅で調

第4章　わかってもらえて

べ、2001字以上2400字以内のレポートを4回提出し、合格したら、3000字以内の単位認定テスト（論文）を提出して、成績がつけられるコースを選びました。普通の人は、スクーリングを受けるため、単位もとりやすいのですが、私は、全部自力で、何もわからないまま、参考文献を読み漁り、レポートにとりかかったと言っていい状態でした。市の図書館からは、古い資料や手に入らないような本を貸してもらって、必死で取り組んでいたのです。

　最初の年は、様子見で、「日本文学文化と風土」と「日本の詩歌」と「西欧文学」だけをとろうと思ったのですが、送られてきたテキストを見るだけで、難しすぎて、どこから手を付けていいかもわからないぐらいでした。大学の通信教育を甘く見て、簡単にレポートが書けて、単位が取れるだろうなんて考えは、すぐにまちがいだとわかり、真剣に取り組まないと、一行も書けそうもないことがわかりました。特に、「西欧文学」の『イギリス名詩選』に所収されているブレイクとワーズワスの詩を読んで、それらの詩の中で感銘した詩を一作品以上取り上げ、自分の意見を述べなさい、という課題は、参考図書はありません。「自分の意見であって、人の意見を書いてはいけない」と書かれていて、自分の感性だけが頼りで書くしかなく、生まれて初めての英詩にチャレンジして、四苦八苦してやっと書いて、提出したレポートでした。それに合格すれば次のレポート課題に進めるというもので、生半可な勉強では到底書けなかったでしょう。

　「日本文学文化と風土」は、初期万葉の作品の中から、ひとつ

作品を取り上げて、風土との関わりに触れながら、説明し鑑賞せよ。という課題が初めのレポートで、たくさんの参考図書を読むうちに、必ず質問事項があったので、質疑応答欄に質問を書くと、先生からいつもていねいな答えが返ってくるのが楽しみで、そのことによって、より深く学べましたし、参考になる本も紹介してもらい、いろんな角度から、『万葉集』の歌を考えることができ、これが通信制の醍醐味だなぁと思えました。毎回先生と文通しているような気がして、『万葉集』が大好きになりました。たくさんの文献を読みながらゆっくり書いていった上に、途中で体調をくずして寝込む日が多かったので、2年にまたがって取ることにしました。最後の論文テストは、全力を出し切り、取り組んだので、自分でも納得のいくものができました。結果はSで、90点以上らしいです。これで論文の書き方もわかり、自信を持てたので、私の学生生活は良しとしようと思いました。母は介助で五十肩になり、私は側彎(そくわん)が進み、体調をくずしたので、2年で辞めることにしました。あれだけ本をたくさん読み、いろんな人の説を読んだのは、あの時だけでした。今も、『万葉集』の額田王(ぬかたのおおきみ)の歌や、東歌(あずまうた)、大伴旅人(おおとものたびと)、山上憶良、大伴家持(やかもち)の歌が好きで、なつかしく思い出されます。

側彎

　側彎の進行は、レット症候群という病気にとって、一番恐ろしいことだと思います。私の場合、最初はそれほど深刻ではな

第4章　わかってもらえて

く、中学生の時にソフトタイプのコルセットを作ってもらいましたが、しょっちゅう腹痛になる上、あまり効果もないので、いつの間にか着けなくなって、動作法の訓練や学校の訓練で予防しようとしていただけでした。ところが、高校を卒業して、近くでいい訓練を受けられる所がなく、母も自分の両親の認知症のことで手いっぱいで、何も訓練をしない日々が約1年あり、その間に急に側彎が進み、私は大学のレポート提出や論文テストに取り組みながら、ずっと体の不調を感じていました。

　自分ではどうしようもないことだし、座っていても、立っていても、たえず腰痛に悩まされ、寝込むこともしょっちゅうでした。ガスがお腹にたまって、便秘と腹痛はしょっちゅうだし、歩けばいいことがわかっていても、歩くのが苦しくなるし、息も深く吸えなくなって、全てにおいて苦しくなっていました。

　自分でも、以前聞いた「内臓が圧迫されて死ぬ」ということが、わかるようになってきました。手術で良くなると言っても、そんな手術は受けたくないから、死が来たら、以前から言っているように、受け入れてほしい。辛い病気からの解放は、私にとって幸せだから、と思っていました。2008年1月には、私の側彎は、70度になっていました。

心境の変化

　側彎の進行と微熱続きの最悪の頃、ゴスペル歌手森裕理さんのコンサートが福祉会館であり、500円の入場料は全て肢体不

自由者の通所施設に寄付されるという趣旨の小さなチラシが入っていたので、ぜひ行きたいと思い、両親といっしょに行ったことが私を変えるきっかけとなりました。コンサートの間、座っていられるかどうかもわからなかったのですが、一番前の真ん中の席に案内され、少しまどっていました。でも、森裕理さんの歌声に、「ああ、来て良かった。今日の日を私は一生忘れない」と思っていました。優しくあたたかい気持ちがあふれ出て、生きていて良かったと心から思えるのでした。そして、「(マザーテレサの祈りより) 私をお使いください」という歌を聴いて、「病気で何もできない私でも神様がお望みなら、私は何でもします。どうかわたしをお使いください」と心から祈っていました。

次の日、母に「教会に行きたい」と書いて母を驚かし、病気でも行かせてもらえる教会を探してもらい、カトリック教会に行かせてもらえるようお願いして、早速ミサに参加させてもらえることになりました。神父様が優しく迎えてくださったことがうれしく、緊張はしていたけど、自分が歓迎してもらえることがありがたかったです。それから3年、体調のましな時だけ教会に行き、初めに意志表明していた通り洗礼を受けることができ、自分の役目を知り、今に至っています。

体調が悪くても、それほど落ち込むこともなくなり、「自分にできる範囲で小さいレット症候群の子達にいいことを教えていく」ということが、私の役目だと思っています。

第4章　わかってもらえて

二度目の成人式

　二十歳の成人式から　三年たって
　たくさんの人から　祝福される幸福を感じた
　病気と闘う仲間とその親
　先生方の　あたたかい拍手をあびて
　生きる喜びを　感じた
　不自由な体で　作ってくれた紙吹雪は
　天から降ってきた　花びらのよう
　やさしさのあふれる　光の中
　生きてるということを　かみしめる

　あたたかいスピーチに　高校時代の　三年間が
　きのうのことのように　思い出され
　何でも質問していた自分がそこにいた
　わからないことが　わかる喜びを教えてくれた
　先生方の誠実な対応に
　「ありがとう」も口では言えない私だけど
　心からの「ありがとう」と笑顔を　贈ろう

側彎装具DSB（愛称プレーリーくん）に助けられて

　ひどい側彎に悩まされていた時、小学校の時から通っていた（旧南大阪療育園）現在大阪発達総合療育センター、南大阪小

児リハビリテーション病院の大川先生の診察で、母が、「あまりに辛そうなので何とかしてやってください」とお願いしたら、先生が、棚から何か装具を取り出し「これ着けてみる？」と言われました。着けてみたところ、「しゃきっとする」と母に書いて、レントゲン待ちの間も、「これ、いいわ。しゃきっとするし、楽になる」と書いて、その喜びを表現していました。実際、レントゲンの結果も59度（坐位）になっていて、効果が出ているのがわかったのですが、その結果を聞くより先に、母が、私との指文字の会話を先生に伝えていたので、私が、話す代わりに字を書いて表現できることを証明するようになったみたいでした。梶浦先生まで、「何か書いてきて」と言われるので、自分の感じたことを書いて提出することにしました。

新しいコルセット（プレーリーくん）について　（2009年9月10日）

　新しいコルセットと以前のソフトタイプのコルセットでは、発想が逆なのではないかと思う。側弯の進行をおさえるため、まっすぐな円柱を想定して、曲がらないようにしようとしたコルセットが以前のもので、予防としか考えられなかったのに対して、今回のは、曲がった背骨を前提として、それを伸ばそうとするコルセットなので、大きくなっていても効果はあるし、側弯がかなりひどくなっていても効果が現れるのではないだろうか。

　私がつけてみて思うのは、以前のは、お腹が圧迫されるので、便秘気味で、しょっちゅうお腹が張って困っていた者には、嫌

第 4 章　わかってもらえて

だなぁとしか思えなかった。それに座る時痛いし、あんまり効果があったとも思えなかった。

　今回のは、お腹が圧迫されないことが一番いいと思えるし、曲がろうとする左側を高い位置で留めておくため、身体全体のバランスがうまくとれて、歩きやすく、立っていても、座っていても楽で、動きやすかった。

　私に効果が良く現れるのは、歩けるので、骨盤の位置が背骨に対して変化するから、歩けない人より効果が出やすいのではないだろうか。

　それから、私は9歳から動作法の訓練を受けて、毎回その時感じた感想や、その結果どうなったかを書いてきたため、自分の身体のことは、敏感に感じることができるので、それもあるかもしれない。

　とに角、側彎がひどくなると、しんどくて食欲もなくなるし便秘に悩まされるし、微熱も出てくるし、少し歩いても疲れるし、やる気までなくしてしまうほどで、何もかもどうでもよくなって、寝てるだけになってしまうので、そこから脱却できたことが、とってもうれしくって、これを書いている。他のレット症候群の子達にも、教えてあげて、側彎に悩んでいる親にも「心配しないでいいよ」と言ってあげたい。

　こうして、棚の中のコルセット（プレーリー1号）を借り、型をとってもらって、自分用のコルセットを受け取りに行きました。プレーリー2号と言うらしいです。その感想も書いて、先生に渡しました。

プレーリー2号をして (2009年10月22日)

　今度のコルセットは、さすが自分用に作ってもらったものだから、ぴったりで、コンパクトだなぁと思ったけど、背骨が伸びたという「しゃきっと感」はなかった。借り物のコルセットで、「しゃきっとした」と感じたのに、一体どうなっているのかと思っていて、後でレントゲンを撮りにいって、あまり効いてないことがわかった。また、ぴったり感は、着けている内に、圧迫感に変化して、お腹の周りのベルトのあたっている所がしんどくなってきた。家に帰って食事の後は、そこが圧迫されて、お腹が痛くなってきて、ベルトを少しゆるめてもらったけど、まだ痛かった。寝ころんだら、背中のでこぼこ部分が少しずつくいこんでくるようで痛くて、とうとう泣いてしまった。どうもこのピンクのクッション材は、うすくって、プロテクターの役目をはたしていないように思える。前に借りていたのは、寝ころんでも痛くなかったのに……

　夜、おふろに入って、いっぱい跡形が残っていたり、赤くなっているのを見て、やっと家族みんなにも、わかってもらった。

　私のほしいのは、自分の体より少し大きく、ベルトは2本でお腹の部分を圧迫しないもので、寝ころんでも痛くない、体に負担のかからない、しかも側彎矯正してくれるものだ。格好の良さは、どうでもいいので、借り物のコルセットのようなものを作ってほしい。

　この意見を聞いてもらって、また最初のを貸してもらって着けていました。

第4章　わかってもらえて

3つのコルセット　（2009年11月18日）
　私は、思いがけずコルセットを3つ持つことになった。1つめは、以前借りて、矯正効果があり楽だと思ったもの。これをAと言おう。2つめは、Aと同じ型でパイプの出っ張りをなくし、スポンジを柔らかいものにしたもの。これをBと言おう。3つめは、側彎のない人の型をとり、柔らかいスポンジで、左右対称で、ベルト3本のもの。これをCと言おう。
　業者さんに着けてもらって、受け渡しの日に、してかえったのは、Bだった。Bの悪い所は、外側の白の部分のでこぼこが柔らかいスポンジにひびいて、痛くなることで、右わきのカーブとでこぼこ部分が、いろんな動きをすることで　跡形ができていた。下のベルトも食い込んで（しめすぎて）跡形ができていた。
　次に翌日、Cをしたが、カーブが両方あり、それが痛く、柔らかいスポンジでは、プロテクトしきれていなかったので、右わき、左わき、ベルトというように、いっぱい跡形が残った。特に3本目のベルトはじゃまだった。また、トイレのたびに、両側のでっぱりがじゃまで、ズボンの脱ぎ下ろしに時間がかかりすぎた。
　こうしてみると、スポンジが柔らかすぎるのは、却って外側の影響をもろに受けて痛く感じるし、外側と一体となっていないため、跡形がついているように思う。
　その点、Aは硬いスポンジなので、何の影響も受けないで、カーブからも守ってくれるものだ。
　Cは動きにくいことも忘れてはならない。私の姉がCを試

しに着けて寝ころんだところ、仰向けから起き上がれなくて、バタバタしていたことも付け加えておく。

　要するに、シンプルが一番で、カーブもあまりなく、身動きできて、側彎矯正できるAが一番だと言える。

　その後、私は毎日Aを着けているが、11月3日の1週間後の10日に、近くの整骨院へマッサージに行って、「側彎がずいぶん良くなりましたね」と、そこの先生に言われた。

　その後、冬の間の3カ月は、下にたくさん着ていたので、ベルトの位置がかなりゆるくなり、それほどの効果はなかった。そのことに気付いてからは、ベルトに印をつけ、きちんと装着するようにしたので、効果が出て、動きが良くなり、歩行が安定した。腰痛も良くなり、側彎も2月には54度になっていた。

コルセットの10カ月（2010年9月2日）
　この10カ月でコルセットをすることに完全に慣れて、してない時の方が何か忘れてるという状態になっている。とはいえ、この夏の暑さで　7月初め外出にコルセットを着けて行ったら、上からコートを着ているみたいに暑くって、蒸し暑さもあって、しんどくなってしまった。私の体は熱がこもりやすいので、熱中症にならないようにするため、それ以来外出の時は、はずしていくことになった。家の中でクーラーをつけて着用しているので、何とかがまんできた。だけど、保温効果抜群だな、風が通らないからな、と思っていた。「姿勢は、すごくよくなった」と、1年半ぶりに会ったPTの先生にほめられた。「はずして

第4章 わかってもらえて

PT訓練の様子

も、立ったり歩いたりがまるで別人のように良くなっている」と、言ってもらって、うれしかった。

　腰痛も治ったし、変に背中をそっていた癖も治ったし、すごい効果だ。姿勢が良くなると、自分の体も楽になるので、あちこち力が入っていたのも力がぬけて動くのが楽になる。

　みんなにも知らせてあげたくて、知っているレットちゃんに

母から少し言ってもらっている。手術しなくていい子が増えるといいと思う。

　この時レントゲンで35度（坐位）になっていました。どうも立位と坐位では、立位の方が緊張するため、悪いようです。信じられないくらい良くなっていて、とまどってしまいました。この頃、レット親の会で側彎についてのアンケートがあったので、プレーリーくんを紹介する文を書き、梶浦先生にも手紙を書いて、会報に載せる原稿を書いていただきました。会報が発行されたのは、8カ月後になって残念でしたが、側彎で悩む子がひとりでも少なくなれば、と思っていました。その時次のように書きました。

プレーリーくんを作って（2010年9月15日）
　側彎70度の時、たえず腰痛で、歩行も安定せず、立っても座っても、ぐったりで、疲れやすく何もやる気になれないという状態だった。便秘と腹痛はしょっちゅうだし、歩けばいいことがわかっていても歩くのが苦しくなるし、息も深く吸えなくなって、以前聞いていた「内臓が圧迫されて死ぬ」ということが、わかるようになってきていた。
　そこでプレーリーくんを作ることになり、見本を着けただけで、背中がしゃきっとして姿勢が良くなる感じがして、気に入ってしまった。お腹も圧迫されなくて楽だし、曲がろうとする左側をたかい位置で支えてくれるのが何より良いことだと思えた。

第4章　わかってもらえて

　着けはじめてみて、体全体にバランスがうまくとれて歩きやすく、立っていても座っていても楽で、動きやすくなった。また、寝ころんでも痛くなく、横向きにもなれ、朝から夜のお風呂の時間まで着けていても楽で、続けるうちに歩行が安定し、トコトコ歩きがしっかり一歩一歩の歩きになり、腰痛も治ってきて、すっかり良くなったのがわかる。10カ月で側彎が35度（坐位）になって、ふらふらしなくなり、安定した歩行になり、しゃんとしていられるのがうれしい。

　側彎は良くならないものとあきらめないで、プレーリーくんを試してみませんか。

　装着のしかたで効果の出具合が違うので、それだけ注意してください。私の場合、冬にシャツ2枚、カシミアセーター、Tシャツを着て、その上に着けたりトイレから出て、ベルトをあまりきつくしめなかったりして、効果が出るのが遅かったので、ベルトに印をつけて、一定に保つようにすればいいと思います。

　日本レット症候群協会会報59号2011年6月10日発行号に、側彎特集として、梶浦先生の『レット症候群にみられる側彎変形に対する新しい体幹治療用装具について』と、アンケートと私の文章が載せられました。

　また、2011年夏のサマーキャンプの実行委員募集はがきが来て、私の住んでいる市で開催されることを知り、梶浦先生にプレーリーくんの講演をしていただいてみんなに知らせたいとの思いから、ぜひ実行委員を引き受けてほしいと親に頼みました。そして、日帰りならということで、引き受けてもらいました。

レットサマーキャンプ

　8月19日、20日、21日、サマーキンプ2011が、市の少年自然の家で開催されました。医療関係は20日になっていて、小児神経の瀬川昌也先生、野村芳子先生に東京から来ていただき、医療相談と講演をお願いし、父が空港までの送迎とその他を引き受け、医療相談は辻さんに主にお任せしました。側彎は梶浦一郎先生、大川敦子先生、松井先生、医局事務の寺田さん、鈴木義肢さんのスタッフが来て、講演と相談会をしてくださることになり、母が担当しました。

　小児神経は野村先生のお声かけにより、B大学、C大学の先生方他たくさんのお医者さんが集まってくださり、父と母、辻さんは、大忙しで、当日は早朝から夜9時頃まで、走り回っているようでした。

　梶浦先生の側彎講演会は、大盛況でいすを増やさなくてはならないくらいでしたが、時間が足りなくてもっとゆっくりできれば最高だったと思いました。次の側彎相談会もたくさんの人が殺到するくらいの人気で、大変でしたが、梶浦先生は、チーム梶浦と言えるほど、うまく連携して相談にのってくださり、会は大成功で、プレーリーくんを試着させてもらった子がうれしそうに出て行く姿が印象的でした。

　キャンプは、私が見た限りでは、何がメインかわからないぐ

第4章　わかってもらえて

レットサマーキャンプ2011　プレーリーくんを着けて

らいのイベントの多さに、大多数の家族があちこち動き回っていて、ゆっくりしていられない雰囲気に動かされていたようです。実際　実行委員、理事を含めて40家族、日帰り9家族、180人が、講演会、医療相談、動作法、マジックショーとバルーンショーとサックスミニコンサート、うーみの歌、アラカルトバンド、エイサー隊ライブ、ユニバーサルスタジオのスヌーピーショーと撮影会というスケジュールに、動き回っていました。私は、ミスターミロルのサックスを聴いている時だけゆったり楽しめました。

　私の願いであった側彎装具プレーリーくんの紹介は、大成功

で「ヤッター」と思っていました。これで、手術をしないで済み、たとえ側彎があっても、体が楽になる子が増えれば、それが私達レットにとってどんなに役立つことかと考えると、このキャンプは今までにないキャンプになったと思えます。

私の役目

　小さい時『ヘレン・ケラー』を読んで思った通り、「私は私にしかできないことで、人の役に立ちたい」という思いを、実行することになりました。

　Y県の、奈美ちゃんというレットちゃんのお母さんから、会報に載っている私の自己紹介欄を見られて、どのようにしてコミュニケーションをとったのかという電話があり、メールでのやり取りの後、2007年8月、2泊3日で奈美ちゃん（当時6歳）、お母さん、おばあさんの3人が来られました。「コミュニケーションの取り方を教えてほしい」と言われて教えるのは、私としては、これが最初でした。ちょうど、大学の英詩がなかなか進まなかった頃で、側彎の進行のため、体がすぐ疲れてへとへとになった頃でした。メールでのやり取りの頃、母の日に奈美ちゃんのお母さんと自分の母にプレゼントするつもりで書いたのが、次の詩です。

第4章　わかってもらえて

お母さん

あなたの　魂の叫びを　聞きながら
私は　大きくなってきました
この子を　何とかしよう
その気持ちが　大きくなる源でした

たえず　目の前が　真っ暗になることが
渦のように　私達を　包み
たえず　無理解という　底なしの闇に　突き落とされて

それでも一歩一歩　這い上がり続け
ズタズタに裂かれた心を　縫い合わせながら
ここまで　来たのです

私は　いつも　あなたの　悲痛な叫びを　聞いていました

あなたは　何もできない　私を　責めることなく　励まして
私に　力を与え続けてくれたのです

私は　それに　返すことなど　何も　できなく
母の日に　「ありがとう」さえ　言えないのです

でも　心の中では　言っているのですよ
「いっぱいの愛を　ありがとう」と

奈美ちゃん達は、近くのホテルに泊まり、父が車で送迎して、朝から夜まで、昼食も夕食も母が用意して、音楽療法、お話、私が見本を描いてのお絵かきをし、帰る直前、お母さんと、少し数字を書いたり、字を書いたりコミュニケーションできたのです。お母さんもおばあさんも泣いておられて、私もこんなにすぐ書けるとは思っていなかったので、びっくりしていました。
　奈美ちゃんは、ニコニコしていました。生き生きして、キラキラ光る大きな目が印象的でした。奈美ちゃんは、歩けないけど、支えてあげると、歩けそうな感じのする子でした。小学校入学を前に、あちこちの小学校を見学に行き、断られてばかりだったそうです。住んでいる所により、入学先が決められているという事実はどうすることもできず、お母さんは子供同士の刺激を求めていてもかないませんでした。
　うちに来て、字が少し書けて帰ってからも、普通の子のお友達もできず、家から遠い養護学校に行くしかなく、学校では、重度の障害児として、何もわかっていないと思われていたようです。これは、その時書いた詩です。私は、自分の側彎との闘いと、大学のレポート、母は、実家の両親の認知症のことで、その後の奈美ちゃんに、アフターフォローできませんでした。

奈美ちゃんが来た

　言葉のでない　大きな悲しみといっしょに
　歩けない苦しみ抱えて来た　奈美ちゃん

第4章 わかってもらえて

澄んだ瞳は　半分　自分を閉ざそうと
そして　自分を守ろうとするかのように
注意深く　私達を見ていた

今まで　自分に向けられた　冷たい視線　思い出して
今まで　自分に浴びせられた　冷たい言葉　思い出して
私達は　味方だよ　同じ苦しみ　味わった
同じ病気と闘っている　仲間だよ
人間の嫌な面　汚い心　いっぱい見てきた　友達だよ

自分の未来　見えなくても　きっと　歩く道　見つかるよ
何もかも　信じられなくなろうとも
きっと　信じられる人　出てくるよ

あなたの目の前に　ありのままのあなたを
愛してくれる人がいる
あなたの笑顔のすばらしさ　見とれて　微笑む人がいる

生きようね　生きようね
神様の愛　感じながら

今思っていること（2008年4月）
　レット症候群という病気になって、自分がいかに環境面でも、病気の症状面でも、恵まれているかがわかりました。他の子に

「書き表せばいいよ」と教えてあげても、なかなかそれができないし、学校で普通の子と同じように勉強を教えてもらうことすらできないのですから。

「どうすれば、私のように思っていることを表現できるの？どうすれば、病気を進行させないでおけるの？」と思って悩んでいます。

特に私を頼って来てくれる小さい子を見て、地域によっては養護学校（支援学校）しか行けない、歩けない、発作がある、側彎がある等、病気の重さに苦しんでいる子に、私にどんなアドバイスができるかを考えると、自分の無力しか考えられなくなっています。手が使えない、おしゃべりできない以上のこの病気の大きさを思い知ったような気がします。

沙耶ちゃん（2008年3月16日　初回）

会報を見られて、「コミュニケーションの仕方を教えてほしい」と熱心に電話をしてこられたのは、D市の3歳のレットちゃん沙耶ちゃんのお母さん。

初めての時、パパ、ママ、おじいさん、おばあさんと、小さくてかわいい沙耶ちゃんが来たのです。沙耶ちゃんは、上手に歩いていたし、うちの母のお手製のちらし寿司も上手に食べていたし、「本当にレット？」というぐらいの子でした。沙耶ちゃんは、みんなから愛されているのがわかると言うより、誰もが愛さずにはいられないようなかわいい子でした。

沙耶ちゃんのママが落ち込んでいるようなので、母は沙耶ちゃんのママから、いろんな話を聞いていました。「一生懸命自

第4章　わかってもらえて

分にできることをするつもりです」との言葉に母もできるだけのことをするつもりで、励ましていました。「小さいからゆっくりゆっくりしましょう」と言って、音楽療法をすると、うれしそうに笑っていました。それから、沙耶ちゃんの笑顔が増え、音楽に合わせて動きまわり、マラカスを自分で持ち、リズムを取るようになっていったのです。

その後、沙耶ちゃんのことを理解してくれるとっても優しい先生のいる幼稚園に行き、しっかり表現できるようになっていきました。沙耶ちゃんに弟が生まれ、沙耶ちゃんの環境も変わっていきましたが、家族みんなが、沙耶ちゃんを支えてくれたので、沙耶ちゃんは字も覚え、家族とコミュニケーションできるようになっていきました。

この後、2010年12月13日にママと鉛筆介助で書けたと電話がありました。沙耶ちゃんのママの声は、感激ではずんでいたそうです。この喜びをいつまでも忘れないでね。良かったね。

そして、沙耶ちゃんは普通学校に入学しました。私は1年後にお手紙を書きました。

沙耶ちゃんへ（2012年4月20日）

沙耶ちゃん、この1年間、とってもがんばってくれたのね、先生ともコミュニケーションとれて、学校のお勉強もできて、本当によかったね。私には、「レットの子が書けるなんてありえない」という思いこみで、まともにかかわってくれる先生はいなかったけど、沙耶ちゃんは、いい先生が一生懸命とりくん

でくれたから、自分で書けることを証明できたのだと思います。すごいことですよね。

　私は、お医者さんに証明してもらおうとして、鈴木照子先生や、有馬正高先生に診てもらいに行ったのに、沙耶ちゃんは、それをしなくていいのですから、本当によかったね。

　世界的にも珍しい「レットが字を書いて他の子と同じようにしている」ということを誇りに思って、大変なことだらけでも、くじけずにやっていこうね。

　あとに続くレットちゃんのためにも、沙耶ちゃんのしてきたことは、とても大きなことです。

　私は、母介助でやりとげ、友達とも書き、沙耶ちゃんは、先生介助でやり、もっともっとできる先生や友達をふやしていき、「レットでも、字を書くことにより、コミュニケーションできるんだ」ということをみんなに知ってもらったら、裕ちゃんにも、みきちゃんにも、えりちゃんにも、もっともっと小さいレットちゃん達の希望につながるのですから。

　私にできなかったことを沙耶ちゃんがして、裕ちゃんがして、いつかみんなで、「レットはちゃんとわかっているんです」といろんなお医者さんや研究者に言いましょう。

　小さな沙耶ちゃんが、どんなにがんばってくれたかは、私が一番わかっているつもりです。病気のためしんどいし、体が思うように動いてくれない時は、泣きたくなるよね。みんなが、さっさと動いて走っていくのに、自分だけ動けないと、不安になるし、情けなく思うばかりで、あせるとよけいころびそうになるし、どうしようと思ってばかりよね。

第4章 わかってもらえて

 それでも、お勉強する楽しみがある方が、何もないより、よほどやりがいがあるということを、私ははっきり言うことができるのです。頭を使うことは苦痛ではなく、楽しい事で、何もせずぼんやりすることが苦痛だということ、学校の先生方にわかってもらえたらうれしいです。お友達とも遊ぼうね。
　いつも沙耶ちゃんを応援しています。

　今、沙耶ちゃんは発作に苦しんでいるけれど、3人の先生と指文字でき、学力テストも受けているそうです。お友達とも指文字できるようになったという沙耶ちゃん。本当にすごいね。算数の得意な沙耶ちゃん、どんな時もあきらめないで、病気に負けないでいこうね。

京ちゃん（2010年10月9日）

　当時中学生だった京ちゃん一家がどしゃ降りの中、はるばるE市から来てくれました。優しそうなお父さんに抱かれて大変な思いで来てくれたのは、ちょっと疲れた顔でわかりました。京ちゃんのことは、以前から聞いていたので、初めて会った気がしませんでした。うつぶせで肘をつくスタイルは、私にはしんどいのに、京ちゃんはそれでくつろいでいました。ラテン音楽をかけると、京ちゃんは、初めマラカスを見、私が踊り出す頃、そのスタイルのまま体を上手に動かし、お魚のようにリズムに乗り、お尻をゆらしていました。曲に合わせていろんな速さで動けるようになっていたのです。楽しそうに笑いながらリズムに乗る姿はまるで人魚姫のダンスのよう。それから指文字

をしたら少しできていました。帰りの車の中で、さっき恥ずかしがっていた妹さんと指文字で遊んでいたと、父が言っていました。遠いのでなかなか大変だけど、何度かフォローすれば鉛筆介助までできると思うのですが、妹さんと遊びながらやればもっとできるでしょう。私は京ちゃんの笑顔が大好きです。またいっしょに踊ろうね。

京ちゃんは、高校３年生の時、『奥の細道』をビデオも使って勉強できたということで、ノートを見せてくれました。「興味の対象が、私達似ているね」と思いました。

レット３人組
レットサマーキャンプ2011で知り合った裕ちゃん、みきちゃん、えりちゃんにコミュニケーションの取り方を教えることになりました。私にとって、これが本格的にコミュニケーションを教えることを考え、今までのことをもっと改善するきっかけになりました。

裕ちゃん（５歳）（2011年８月28日初回）
沙耶ちゃんと同じ日を選んで来た裕ちゃん一家。初め沙耶ちゃんの指文字でお話を見学していて、裕ちゃんは「どんな風にするの？」というように、沙耶ちゃんの指文字を見ていました。そばに歩いて行って興味深そうに見ていて、自分の番になった時、初めてなのに指を動かして母と指文字できていたのです。子供を怖がるということだったので、何が怖いかを聞かれると、「うごきがこわい」と書いてくれました。みんなびっくりして、

第4章 わかってもらえて

裕ちゃんのママは「みおさんのお母さんが書かせているんじゃないですか」と聞いていました。その時、裕ちゃんは顔をゆがめて、指を曲げてしまったのに……

そんなにすぐ書けるとは信じられないママの気持ちも、わからないではないけれど、裕ちゃんの頑張りと能力を私としては、すぐわかってあげてほしかったです。裕ちゃんは口で「うん」「いっしょ」と言うこともできたけれど、両親にはキャッチできていなかったでしょう。その後も、「ママ、りかちゃんにとられるかな」「ママといっしょ」「パパすきよ」と書いてくれて、やっとわかってくれたママもパパも、涙、涙で喜んでくれました。やっと受け止めてもらえて、裕ちゃんはうれしそうでした。帰りしなの私の所にまで来て、挨拶してくれました。

それからも、裕ちゃんは、毎回口でもしゃべり、音楽をうれしそうに楽しみ、療育園で苛められていたことを書いてくれ、いろんなことがわかりました。小学校も自分で普通学校を選び、お友達もいっぱい作り、今までとはものすごく変わってきました。算数が好きで、計算もでき、2年生の時は、掛け算の九九も覚えていて、すらすら書けました。「みんなといっしょにべんきょうしたい」と書く裕ちゃん。裕ちゃんの願いがかなうといいね。両親の見方も変わり、今では、ママ介助で字を書いて表現できるほどになりました。「ママいいたいことあるの。がっこうへいってくれてありがとう」と書く裕ちゃん。優しい気持ちをみんなにわかってもらえて、良かったね。私はこの前、裕ちゃんから「みおちゃんとママへ　ありがとう。ゆうはママとひつだんできるようになったよ。ゆうはじぶんのいいたかっ

たことがいえるようになって　しんじられないくらいしあわせ。ありがとう」というお手紙をもらいました。この手紙で私達までしあわせになれました。

　その後、裕ちゃんに息止め発作が出たり、ママとの時間がなかなか取れなかったりしてまた、ママとあまり書けなくなったこともありました。でも、今は確実に書けるようになったので、卒業ということにして、スランプになったらいつでも来てもらうことになりました。

みきちゃんへ（6歳）（2011年9月12日初回）

　初めて来た日、熱を出していたのに、泣くこともしないで、楽しそうに音楽を聴いて踊っていたあなた。お絵かきも、がんばって描いてくれました。

　2歳上のお兄ちゃん中心の生活にも、「みきにも、かまってほしい」とお母さんに控えめに頼むあなた。お兄ちゃんは「すごい、うるさい」と書くあなた。私にも姉がいるけど、私中心に動いてくれる家族の中で、それが当然と思っていたけど、みきちゃんの家は違っていました。

　学校も、お兄ちゃんが「みきには無理や。勉強でけへんから」と言ったということで普通学校は選択外になり、今の学校に決まったらしいです。みきちゃんも、母介助で、字を書いたり、算数の計算もできるのに、何にもできないと決めつけられていました。できた時、「おにいちゃんができないっていった」と書いたみきちゃん。悔しくて歯ぎしりするみきちゃん。それでも、お母さんとうちに来た時は、うれしそうにしていました。

第4章　わかってもらえて

きっとみきちゃんの精神年齢は他の子よりずっと上なのでしょう。がまんしないといけない分、ずっとずっと強い子なのでしょう。学童保育で普通の子と劇をした話をお母さんがしてくれた時、うれしそうに目をキラキラさせていました。お兄ちゃんの学校との交流で、ジャンケン汽車ポッポをした時のことをお母さんが話してくれた時、本当にうれしそうでしたね。みきちゃんもちゃんとわかっているのにね。

　お母さんとみきちゃんの距離が近づいた時のあなたの輝く笑顔がもっと増えてほしいです。今、みきちゃんは少しお休みしていますが、またがんばろうね。

えりちゃんへ（4歳）（2011年9月12日初回）

　4歳でうちに来たえりちゃん。初めから好奇心旺盛で「どうするの？」というように、やる気を見せていたえりちゃん。音楽に目をキラキラさせて、リズムをとってどんどん動きを大きくさせていくあなたを見ていると、私は自分の小さかった時のことを思い出していました。動かないはずの体が、音楽のリズムに乗ると、自然と動いているのですよね。意識せずにどんどん動いている自分に気が付くと、うれしくなって、笑顔があふれていくのですよね。

　それから、歌を歌ってもらうと、自分も歌っているように思えるのですよね。

　指文字でお話しする頃には、自分の言いたいことを言って、わかってほしくなるのですよね。だから、母に、いろんなことを指文字で書けたのですよね。こんなに素直に表現できるあな

たが、すごい意志力を持った子だなと感心します。また、えりちゃんのママもすごい人で、えりちゃんの書くことをちゃんと受けとめてくれましたね。だから、えりちゃんとママは、心がものすごく近づくことができたのですよね。

　4歳のえりちゃんが「あいうえお表」と絵本を見るだけで、字が書けたということを、そのまま受け止めてくれたママ。「まま　かいものしすぎ」と書かれてびっくりして、それまでお買い物が好きで、よくえりちゃんをバギーに乗せて洋服を買いに行った話をしてくれたママ。そして、えりちゃんに書かれて、それをやめて、えりちゃんをかまってくれたママ。

　私から見れば、えりちゃんもママもすごいと思います。

　お絵描きでは、私の見本をあてにせず、すぐ自分で描きはじめたえりちゃん。何枚もお花の絵を絵手紙に描いてくれ、そこに上手に「えり」と署名し、「あるけたらいい」から「あるけたよ」「ありがとう」という言葉を一言書いて、自分の思いを込めた作品をどんどん作っていったえりちゃん。本当に歩けるようになったね。今のあなたを見ていて、こんな幸せなことはないと思っています。これからも強い意志力で、どんなことにも負けないでいこうね。いつも応援しています。

　今、えりちゃんは小学2年生で、優しい先生についてもらって、学校生活をたのしんでいます。算数が好きなので、みんなといっしょにお勉強しているそうです。九九もすらすら書けるし、計算もできるし、絵本の読み聞かせで感想を聞くと、たくさんの感想を一気にかいてくれました。お友達もでき、みんな

第4章　わかってもらえて

に囲まれるのがうれしそうです。
　ママとも書けるように練習中です。

ななちゃん（3歳）（2012年11月17日初回）
　大阪発達総合療育センターでの久留米大学松石豊次郎教授講演会（2012,10／21）で初めて会ったななちゃん一家。「わけもわからずよく泣くのですが、どうして泣くのでしょう」と質問されていたのが印象に残っています。私なら「それは、怖くて仕方がないから泣くのです。誰か助けて、と泣いているのです」と説明したのになと思っていました。ママの必死さに心を揺さぶられたのでした。
　その後、私と母が担当している指文字相談の会場に来られて、かわいいななちゃんと会いました。音楽が好きで、ラテン音楽のリズムで喜んでくれるななちゃん。お絵描きもして、満足そうなななちゃん。うちに来ることになって、ますます音楽を楽しみ、リズムを足でとり、「こんなに激しく足を動かせるなんてすごい」と、びっくりさせられたななちゃん。天使のような笑顔をふりまき、みんながその笑顔に魅了されてしまうななちゃん。妹さんが生まれるまではちょっと心配そうだったけど、「みんながななちゃん第一に考えるよ」と言うと、安心したような甘えん坊のななちゃん。
　今は、お姉ちゃんになって、以前よりしっかりして、自分の意思を出してくれるようになった、ななちゃん。立つことも座ることもできるようになってきたななちゃん。保育園に入って、お友達がいっぱいでき、見違えるように変わったななちゃん。

すばらしい笑顔いっぱいのアルバムを見せてもらって、こんな幸せはないと思いました。小学校でも、お友達いっぱいのななちゃん。算数の計算ができるのがわかったから、お勉強も楽しくなるよ。ママも一生懸命だし、みんなで応援しているよ。

レットの妹達へ
「コミュニケーションを取りたいので、教えてください」というあなた達の親の要望で私の家に来て、知り合えた私達ですが、「今、うれしいですか」と言う質問をしたいと思います。

話せない、手が使えない病気になって、どうしたらいいのかがわからなかった時、「字を書けばいいのだ」とわかって、「自分達は、わかっているのだ」と表現する方法を少しずつ身につけていっているあなた達。

わかってもらうまで、どれだけ努力をしないといけないかを誰も想像できないでしょうが、本当に大変なものだと、ここで言いたいです。

私達の手は、簡単には動かないのです。「どうしてもお話ししたい」という思いに突き動かされて、やっと少し書けるのです。だから、あまり多くを望まないでください。やっと書けたその思いを本気で受け止めてあげてください。どうぞ、聞き置くではなく、受けとめて、その子の言いたいことを受け入れてください。でないと、せっかくコミュニケーションが取れても意味をなさないと思います。

私達は、コミュニケーションが取れても、やはり病気の子です。緊張はするし、不安になるし、幼稚園や学校では、たえず

第 4 章　わかってもらえて

いろんな困難にあいます。私達のことをわかってくれる学校はありません。それでも、友達と遊ぶ楽しさは、何よりのものだし、友達から元気をもらって成長していけるのだと言いたいです。「あきらめることなく、今できることをする」それが私達に託された生き方です。

　パパとママへ、どうぞ私達を支えてください。支えなしでは、生きられませんから。そして、大きくなったら、どうぞ小さいレットちゃんにこの方法を教えてあげてください。私はいつも応援しているからね。　　Mio

小さな力を

　私達を　何ができて　何ができないかという目で
　見ないでください
　ひとりでは　何もできない病気なのですから
　自分が一番　わかっていて　悔しいのです
　だから　観察されると　悲しくなってしまいます

　それより　できないなと思ったら
　そっと　手を貸してくれたら　うれしいです
　小さな力を貸してもらえれば
　それを頼りに　自分でも　信じられない力が
　わいてくるのです

くじけそうになる時　泣きたいのを　がまんする時
あなたの　やさしい笑顔で　力がわいてくるのです

くり返し　手もみをするこの手に
あなたの手を　そっと　添えてみてください
私達には　小さな力が　必要です

エピローグ

　私は、今30歳。遺伝子検査は2011年8月4日に受け、レット症候群と診断されました。レットとしては、高齢な方で、最後の第4ステージ（最終段階）とされています。大阪発達総合療育センターの梶浦一郎先生と大川敦子先生のもとで、側彎装具DSB（愛称プレーリーくん）を作っていただき、側彎と闘っています。幸い、プレーリーくんのお蔭でこの6年間、側彎が進行することもなくレットとしては比較的元気に過ごせています。側彎との闘いにボバース法のPT訓練は必然で、それを怠ると、私の負けになるでしょう。実際長い間の圧迫からか、食後の胃腸がどうもおかしく、腹痛によくなります。H市の病院から訪問で毎週来ていただいて、PT訓練を受けているのですが、気を抜かないでがんばっています。その他、市の障害者父母の会の訓練を月1回金沢先生から受け、訓練中心の生活を送っています。

　自分の仕事としては、ボランティアでレットの小さい子達にコミュニケーションの取り方を母とふたりで教えています。余暇は、ヘルパーさんとプールに行ったり散歩をしたり、図書館から宅配される本を読んだり、音楽を聴いたりして、けっこう忙しい毎日を送っています。日曜日で元気な日には教会に行き、レットちゃん達のことをお祈りし、あっという間の一週間を過ごしています。

　レットのコミュニケーションに一番理解を示してくださっているのが、梶浦先生と大川先生で、ST（言語聴覚士）の平川

エピローグ

さんがうちへ見学に来られ、リハビリに生かしてくださっています。本当にありがたいと思っています。

　私が、今コミュニケーション指導にとりくんでいて思う事は、お医者さんや心理判定員に「この子は7〜9カ月の知能です」や、「2歳位の知能です」と言われると、親はそのままその言葉を信じて、自分の子を見ようとしないであきらめてしまうことです。親のあきらめがレットちゃんの発達を阻害していると思えるのが悲しいです。

　言葉が出ないのは、病気のせいで口の周りが硬くなっているからで、言葉を理解していないわけではないと思えるのですが。それを少ししか見ない専門家にはわからないと思えるのです。また、手が思うように動かない病気の子に、積み木を積ませて判定するという判定方法に問題があると思われます。緊張により失行があるので、知らない人の前に出ると動けなくなるのです。またレットを発症した直後、親はお医者さんに診てもらいに行くのですが、その時レットちゃんは自分に何が起こったのかがわからず恐怖に固まっています。そういう時判定されて、知能が著しく遅れていると言われるのはあまりにも悲しいことです。

　でも、よく自分の子を見ている親は、だんだん子供が反応しだして、言葉も理解していることがわかるでしょう。そして、一生懸命その子に話しかけ、その子の好きなことを見つけ、いっしょに遊び、成長できるように環境を整えていくでしょう。

　レットが指をほんの少し動かして字を書くということがありえないことでしょうか？

環境を整え、親子の絆ができ、やる気が出れば、レットでも字を書くことは可能になるのです。筆圧はなく、介助がへただとふにゃふにゃの字になります。すぐ疲れるし、疲れると眠ります。それでも親にわかっていることをわかってもらうことが、私達レットの願いなのです。他の誰にわかってもらわなくても、親にだけはわかってもらいたいのです。
　私達は、お母さんにいっぱい話しかけてもらいたいのです。
　そして、小さなレットちゃん達が、彼女達の願いである「みんなといっしょにべんきょうしたい」という思いを受けとめて、いっしょにいさせてあげてほしいです。そして彼女達を自分の目で正しく見てもらいたいです。
　それが、私の願いです。

エピローグ

わかってください

　海の広さ　あればいいのに
　あたたかい　光　あればいいのに
　できないという　思い込み消して
　まっすぐな目で　見ればいいのに

　あちこちで　奇跡が
　すばらしい奇跡が　おこるのに
　あわれみは　いらない
　意志を伝えること　それが　生きる喜び

おわりに

　レット症候群のコミュニケーションを他の国はどう考え、どのようにとっているのかと思い、インターネットで外国のレット・コミュニケーションについて、家族に調べてもらいました。
　IT化が進んだことにより、レットが話せなくてもわかっているようだということが、家族、学校の先生、介助に関わる人々の間で少しずつ理解されていき、コミュニケーションをとろうと工夫されてきていることが、動画サイト You Tube で発信されています。じっと見つめるレットちゃんでは、視線をコンピュータがとらえて、理解していることをテストすることまでできるようになっていました（カナダ）。
　手を使えるレットちゃんは、文字板を触ることで、英語をパソコンの画面に出して、感情を表現することもできていました（アメリカ）。
　中でも、スウェーデンの国立レットセンターがビデオを作って発信しているのが、一番私の印象に残りました。スウェーデン語なので、翻訳を姉にしてもらいました。
　ST（言語聴覚士）さんは、レットは神経の病気なので、できる時とできない時があるということを、まず言われていました。私も自分の経験から、これはすごく大切な考えだと思えます。レットを3タイプに分けて、アプローチの仕方を説明していました。じっと見つめるタイプ、うなずいたり首をふったり、手が少し使えるタイプ、単語を少し言えるタイプというように、パソコン、タブレットだけでなく、絵や文字を書いたコミュニ

おわりに

ケーション・ブックを作り、個別にレットちゃんを見て、レットちゃんの周りの人々とのコミュニケーションをいつでも、どこでもとれる方法を開発し続けるということが発信されていました。また実際の様子を紹介していました。例えば、ロッタは、左手の指でタブレットを使い、彼女のパーソナル・アシスタンス（彼女が雇っている介助者）とコミュニケーションをとっています。アマンダはアパートでひとり暮らしですが、タブレットとボードでパーソナル・アシスタンスとコミュニケーションをとっています。リサは、目でコミュニケーション・ブックを使い、ポリー（小さなレットちゃん）は、家族や妹と、コミュニケーション・ブックに描かれた絵を見て、視線と、特別なコミュニケーション装置の利用で、「イエス」「ノー」を表現しています。「飲み物は何が欲しい？」と聞かれて、「コーラはいらない。水がほしい」と全部理解している様子が撮られています。

　日本でも、どんな方法でもいいから、レットちゃんの家族が話しかけ、コミュニケーションをとってほしいと思います。

著者プロフィール

霧原 澪（きりはら みお）

1985年　関西で生まれる。
2歳で「レット症候群」になるが、筆談によるコミュニケーションをとることにより、普通学校普通クラスでの教育を受けることができた。
東洋大学文学部日本文学文化学科通信教育部中退。

話しかけてよ、ママ　あるレット症候群少女の叫び

2016年6月15日　初版第1刷発行

著　者　霧原　澪
発行者　瓜谷　綱延
発行所　株式会社文芸社
　　　　〒160-0022　東京都新宿区新宿1-10-1
　　　　　　　　　電話　03-5369-3060（代表）
　　　　　　　　　　　　03-5369-2299（販売）

印刷所　株式会社フクイン

Ⓒ Mio Kirihara 2016 Printed in Japan
乱丁本・落丁本はお手数ですが小社販売部宛にお送りください。
送料小社負担にてお取り替えいたします。
本書の一部、あるいは全部を無断で複写・複製・転載・放映、データ配信することは、法律で認められた場合を除き、著作権の侵害となります。
ISBN978-4-286-17237-8